寫作是藝術

張秀亞——著

三民書局

代序

母親手中的筆——尋覓美之最高境界

于德蘭

文字之所以發出魅力、耐人尋味，觸動人心的最深處，要以情感書寫為底蘊、能用藝術的筆法呈現。

《寫作是藝術》對寫作有興趣的讀者們是本值得一讀再讀的作品，由資深的作家娓娓地道出寫作真髓，書內有純文藝的篇章；亦有以藝術手法表現之理論之作，介紹好的作品，處處都在真正的文學藝術範疇內，可說為一本寫作的「敲門磚」。

如何感受到文字的魅力，只有深入其中者可深深體會其中之奧妙。如同手中的魔術方塊字，以有感的心，推敲轉成出神入化的字句，以臻至善至美之境界。

母親曾說過：「一段思潮，心情的起伏；一串連綿的感情，以藝術手法加以精鍊，……只要濾取到那一閃的雷光，即可在人們的心靈深處，顯示出照明及洗滌的作用。」誠哉斯言！

她以一些意象、幻思邂逅，許多憶念及想像融合生活現況綴出夢之綠原，形成一篇又一篇流暢動人的散文，小說及詩……，她將讀者帶入一澄明的湖邊展卷，母親自詡為美之境界的拾荒者。

母親由初中時即開始向各大報投稿，一生近七十年的創作文學生涯。她純真有赤子之心，用字典雅、雋妙、生動，有哲思及詩情；她全心全力投入寫作，有自己的作品風格；她寫出的每篇文章都是審慎幾讀通過才寄出，說她寫出的字字句句都是嘔心泣血之作也不為過。母親文章得到廣大讀者喜愛及反響，是她一生最快樂的事。

名詩人、名編輯瘂弦先生說：「張秀亞以不到三十歲的年紀將美文這支火把帶到台灣，四、五十年代創造了文學史上空前未有的女作家活躍時代，張秀亞在那個時代有引領的作用，為燃燈者。沒有張秀亞，美文不會出現也不會有年輕的美文作家。她是承先啟後的推手。」他並說：「張秀亞每篇文章都可入教科書中。她是真正的美文大師。」

因母親的作品不但可提升讀者美的心靈境界，亦給予失望的人力量及帶來希望，她以文字鋪陳出的是一塊沒有任何汙染的文學淨土。

現今世界變了，即使人心也變了，但真理不會變，值得一讀再讀的好的文學作品，更是亙古常新不變的。

母親曾說：「每一位藝術家的生命是一支歌。」母親一生用心以文字為讀者們唱出了優美動人的歌……。無論在任何世代，希望細心的讀者們都感受到這些美文的芬芳，追求更高的文學境界，體會到生命的真諦，每位心中也唱得出一首好歌，使人間更為可愛美好！

自序

時值仲夏，我的心靈也被小園景色染為一片翠綠。一邊整理著這本集子《寫作是藝術》，那頁頁的文稿，在我的眼前都化作夏日的翩翩蝴蝶，凝望著它們，我寫成了一首小詩：

是我窗前的梔子花
是我簷前的牆燈
一瞬間
你使我的回憶、幻思
化為澄明的飛動。

我佇立，凝視於曉光的簾下
呵，你分明是清寂的夏之園庭
翩然的白日夏夢。
我不知怎的忽然憶起
那年長夏的一架藤花
一片花是一個歡笑的日子。
看這偶爾過路的藍風，
分明是吳爾芙夫人[1]筆端的呵氣
脆薄的蝶翼遂撲撲閃閃
從大自然的手冊中飛出
使仲夏像一首純詩。

1 吳爾芙夫人是二十世紀四十年代的英國名作家，在她的名著《自己的屋子》中，曾寫到小蝴蝶在風中跌跌閃閃。

在這裡，我用這首詩作一個象徵，象徵我這本文集的篇頁：

這本集子原擬定名為《寫作的藝術》，後因發現與一家書店的一本翻譯的書名相同，遂改為今名：《寫作是藝術》。《寫作是藝術》是集中一篇談寫作技巧的文章，也是我前年在政大的一篇演講原稿，湊巧此文安排於此書的卷首，遂就以篇名為書名了。

這本書中包括的文章，按其內容性質，分為四輯。

第一輯中是三篇長文，除了那一篇談寫作技巧的以外，另外兩篇一是〈中國文學中表現的正氣〉，此篇為在文化復興運動推行委員會與輔仁大學聯合主辦的文化修養講座中的講稿，旨在闡揚我國優美的文學傳統，還有一篇是〈千里姻緣〉，是一篇寫實事兼抒情的文字，最初在報端發表後，意外的受到一些朋友們的偏愛，我想那是由於我在這篇小文中，提出了有關愛情與婚姻此一人生大問題的緣故。

第二輯是一些篇寫景、抒情的純文藝性的散文。這類文字是我近年寫得較多的，其中偶爾我也略談人生哲理，或在寫作時稍稍運用了作畫、寫詩的筆法，也只是一個試驗而已。

第三輯是我在《中央日報．副刊》，以及《中華日報．副刊》上寫的一些專欄文字。有時描繪人生景色，有時也表現我對文學對藝術的一知半解，其中涉及理論的篇章，我也盡量以輕鬆的筆調出之，為了讀來筆墨不致太顯凝滯。

在第四輯中，則介紹了我衷心敬佩其文章技巧的兩位大師——法國諾貝爾獎金得主莫瑞亞珂以及英國感覺派小說的鼻祖吳爾芙夫人，實際上我對這兩位作家了解得也不算太多，只是我曾譯過前一位作家寫的《恨與愛》，以及後一位作家的《自己的屋子》。

卷末附有一篇《葡萄園詩刊》發行人陳敏華女士，為我寫的一篇訪問記，其中主要的是談我寫詩的經驗，以及對詩的表現方式——晦澀與明朗的看法。

自我開始寫作，到整理此一文集，時間已過了好多年，唯一可向鼓勵我的師友及讀者朋友們說的是：在寫作的路上，雖然自慚蹉跎，但在寫作的態度上，我是比較熱切、認真了。關於這一點，我想引用一下我那篇〈生活的圖案畫〉中的句子：

我的一枝筆時時企圖向了寫作的較高境界登程，
我的心在寫作的技巧上，時思超越。

前一句的意思是，我以每一篇作品為一個新的開始，第二句的意思是，在寫作的藝術與技巧上，我時時想超越了自我，而為一隻英國詩人筆下的雲遊鳥，總希望飛得再高一些。當然，事實上我並未做到，只是，在心理上我還不曾過於怠惰因循，而時思更上一層樓。這也許是不自量的，但只有心中常存此種憧憬，筆下才可免得於停滯吧。

感謝東大圖書公司的劉振強總經理及編輯部的朋友們，只因我過於忙碌，這本書的全部稿件遲到今天才彙齊，這也是由於我的藝術良心不允許我文筆草草，不知是否還值得原諒？

六十七年七月

目次

第三輯

第四輯

附錄

第一輯

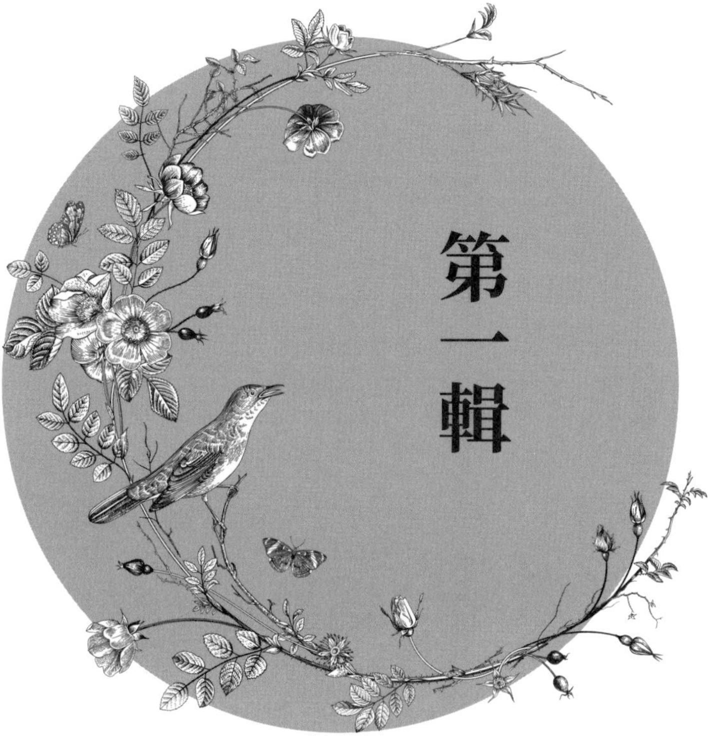

寫作是藝術

在編選《散文欣賞》一書的時候，沉櫻女士曾說過，她選文的標準，是看文章中有無魅力。以魅力之有無，決定文章之優劣，是絕對正確的。

寫到這裡，我們擬進一步研究一下，「魅力」到底是什麼？此二字在英文中是Charm，而在我們的中文裡，此二字也充滿神秘的意味：含有鬼字與力字，魅力二字之在文章中，有如花之芬芳，月之輝光，香水之精醇，凡是含有魅力的文章，必然是深具感動力與說服力的。

而文章如何才能富於魅力呢？簡單說來，就是使文章獨具你靈魂中的光華與美。也就是將你自己的靈魂像一塊寶石般，嵌入字裡行間，使它變成文章的靈魂。

想大家都記得一個小故事，小提琴家帕格尼尼，有一只拉了好多年的心愛的小提琴，他了解那琴的特性，而那琴也似乎了解他的手指。當他拉動那琴的弦索時，真可說是得心應手，妙音逸響，皆自他的指下弦上流溢而出。

一天，他去開演奏會，走到臺上打開琴匣的一剎那，他驚詫的發現：琴匣中的好琴被人掉換過了，只有一把蹩腳的琴放在裡面，他焦灼萬狀，尋遍後臺而未得。面對著全場的聽眾，他強自鎮定的向他們說：

「先生女士們，……音樂不在樂器上，而在靈魂中。」說完，他乃拿起那只對他全然是陌生的、蹩腳的提琴來演奏，結果，奏得竟比平日更為出色，如雷的掌聲久久不息。

這一則真實的小故事，給我們的啟示卻是深遠的：靈魂深處流溢出的音樂，勝過了樂器上發出來的。形成了樂曲的絕對價值的，是人的內在的精神，帕格尼尼在形式上拉的是琴弦，而實際上卻是他的心弦。

在此，我們順便探究一下：

是什麼使得我們唐朝的詩人李賀，騎在瘦小的驢子上，帶著背負錦囊的小奚奴，鎮日價跑來跑去？

又是什麼使得法國寫實主義的大師佛羅貝，在琴鍵上彈來彈去，試著小說中所用的字音的高亢低抑，輕重疾徐？

是什麼？是什麼？是那充滿了藝術魅力的，最完美的表達的方式，使得古往今來的詩人作家，栖栖皇皇，尋尋覓覓不可終日。找到了之後，他們方始感到心安理得。他們在把握住那寫作藝術的高度技巧之後，寫起來才真稱得起是暢快淋漓，得心應手。唯有如此，他們自己的靈魂才能順利的沉潛於文章之中，而文章才能稱得起是作者的第二個自我，而其本身乃具備了絕大的感染力。

一個雕刻家曾撫摸著他的雕塑，浮漾著得意的微笑說：

「這是我（而實際上他雕刻的是一個孩童或一頭獅子）！」

而在寫作的中途，佛羅貝也曾欣然的捻著他年輕脣邊的髭鬚說：

「包法利夫人是我！」

他們的話，按照其絕對的意義來講，並沒有錯，因為雕刻家、作家的心力、生命力已隨著刻刀與筆觸進入其作品之內。

現在我們再研究那使作品具有魅力的寫作技巧——那引著詩人、作家、藝術家終身追尋的表達的方式：

一、是使文章具有內涵——內涵的豐富與否，關係文章的優劣，換句話來說，文字愈精簡，義蘊愈深厚，——文字在意義上負荷量大的，必也是佳作妙文，因為它以「有限」表現了「無窮」。記得有一位作家曾說過：

「好文章應該是除去字面的意思以外，還有『別的話』在裡面。」

又說：

「乍看豈不是淡淡的？緩緩的咀嚼一番，便會有濃密的滋味從口角流出，你若看過瀼瀼的朝露，綿綿的水波，茫茫的冷月，薄薄的秋衫，你若吃過上好的皮絲，鮮嫩的竹筍，新製的龍井茶，你一定會懂得我的話。」

他的意思是說，作者不僅在筆墨之中，更應在筆墨之外，使讀者領會文字的真趣。作者應發揮其智慧及才華，使一個個的字凝結成為象徵，使其有多方面的暗示性。言在此，而意在彼，使讀者展卷，有利用想像力在作品中尋幽攬勝的趣味。正如法國象徵派詩人馬拉美(Mallarme)所說的：

「詩只能作到七分，留下三分讓讀者用想像力去完成。如此，讀者就參加了作家的創作工程。」讀者能參加作者的創作工程，讀來就會覺得格外的興趣盎然。這也正好說明了何以我們去讀一些象徵意味的作品時，雖然有時覺得晦澀難解，但仍感到趣味濃郁。因為我們可以馳騁想像力、幻想力，去捕捉那些微妙的言外之意同弦外之音，如同夏夜搖動著輕羅小扇，去捕捉那些閃爍的流螢。

二、是使文字富於形象之美——一個拙劣的作者，可能只會以具象的詞藻，老老實實的來描繪形象的宇宙，而一個高明的作家，絕不完全如是。他們不僅擅於以富於「實感」(Sense of reality)的字來形容具象的事事物物，更以之形容抽象的事事物物，以實為實，更以虛為實，如是，他們腕下的文字，乃具有一種形象之美，在讀者的心目中喚起逼真的印象，達到了王國維所說的「不隔」的境界。我國的俗諺、成語、詩人作家們的警句，很多是充滿了這種妙處，如我們形容內心忐忑，往往說：

像是十五個吊桶，七上八下。

而女詞人李清照的名句：

此情無計可消除，才下眉頭，又上心頭。——將一股離情別緒，描寫得宛如具有形象，坐「實」而不落「空」。

又如民國二十幾年時一位新詩人形容好詩的味道說：

像是白金龍，淡，而有味。——白金龍是當時一種名牌的香煙，以香煙的芬芳形容虛無縹緲的詩意，令人讀來頗有真實感。

三、是使文章富於色彩之美——在希臘神話中，我們都知道，繪畫與文學是繆斯諸姐妹中的兩個，可以見出二者關係的密切。一個作家倘了解畫理，則會使他的文章益臻妙境。繪畫除了線條以外，更富於色彩之美，如想將文章寫得動人，我們也應注意色彩的渲染。

最善於運用色彩的，是我國的詞人，翻開一本《詞選》，真使人有五彩繽紛之感，同時，他們能將色彩運用得恰到好處，使人不覺其俗其豔，只覺澹雅得可以入畫，如周邦彥的詞句：

小橋外，新綠濺濺，憑欄久，黃蘆苦竹，凝泛九江船。——淡淡的畫面，清麗的景色，讀了使人悠然意遠。

又如法國女詩人羅藹伊夫人(Anna de Noailles)，曾有這樣句子：

「影照在小徑上，像敲碎的鵪鶉生的卵。」未顯明的提到色彩，而鵝黃的日影，已如在目前。

在近代的歐洲詩人中，最善用色彩的，大概要算是西班牙的詩人黑麥愛思(Jemenez)了，記得他在一篇散文詩中曾提到過：白色的玫瑰，藍色的玫瑰，……無色的玫瑰。——以「無色」代替色彩，其妙處正等於「無聲勝有聲」，讀來只覺其妙，而不覺其故弄玄虛。

又如王維的詩句：

漠漠水田飛白鷺，
陰陰夏木囀黃鸝。——這兩句除了其本身富有音樂感以外，而更富於色彩，讀來我們恍似在一片綠色之中，看到閃現出來的白鷺的羽影，頓覺眼前一亮。它給我們的印象，宛如小說《茵夢湖》中，那朵搖曳在暮色中的水上白蓮，似近而又迢遙。使人感到悲劇意味的美。

有人說，「好文章的構成，就是把最妥切的字放在最需要它的地方。」在此我們也可以模仿他說：「把最適當的色彩，塗在最恰當的空間，就是最好的藝術手法。」

四、是要富於音響之美——文章是感情的產物，文字音響的節奏，最能表現作者內心情緒的起伏，同時表現出旋律之美。我國的作家，最了解這一點，自「關關雎鳩」開始，表現音聲之美的詩文，多得不可勝數，〈秋聲賦〉就是最顯著的一個例子。而如皇甫松的詞句：

畫船吹笛雨瀟瀟，
人語驛邊橋。——我們唸起來，耳邊頓覺一片淅淅雨響，同時也似聽到那為時疏時密的雨聲濾過的細碎人語，傳聲之妙，任人皆可以領會得到。

又如美國詩人愛倫．坡 (Edgar Allan Poe) 曾作有一首詩〈鈴〉，全以表現音響為主，並使鈴 (bells) 這個字，一再出現於詩中，以形成音樂的渦漩，震盪人的耳鼓。他另外的許多首詩，也同樣的注意音響之美。所以有人挖苦他，呼他為叮噹作響的人 (The jingle man)，但那「叮噹」之聲，不是至今仍迴響在讀者心中嗎。

音響的節奏，原亦詩文中的重要因素，善於運用文字的音樂性的作家，才能寫出動人的好文章。所以，對於文字聲音的輕重平仄，昂揚低抑，在寫作時都應加以注意。大凡聲音高亢急促的，多半表現歡愉、輕快的心情；而低沉、漫長的多半表現沉鬱、感傷的情懷。如英文中的 Forlorn 這個字，讀起來十分低咽，代表的也正是悽愴的心境。

又如周清真的詞句：

情似雨餘黏地絮。——這一句讀來真是十分「黏嘴」，無法快讀，且只能以低抑的聲音來讀，而如此一來就完全把那份沉重哀傷、無可奈何的離情別緒表達無遺了。以聲傳情，這一句可以說「已臻絕恉」，周清真確是能充分把握文字音響之妙的一位大師。

作為一個為世間萬物錄影錄聲的作家，不僅要能了解文字的音響和文字的音樂，且應能諦聽宇宙間一切的音響、妙樂。他固要注意音響的世界，而也應傾聽無聲的世界，如是，才能如白居易寫出了「此時無聲勝有聲」；才能如濟慈 (J. Keats) 寫出了：「聽到的音樂是甜美的，聽不到的音樂更甜美。」

有人說：「大自然是啞的，除非詩人給他聲音。」他的意思是說，詩人應自沉默中感到宇宙的脈搏，聽到宇宙的心跳。

我很喜歡玩味一句古人的話：「虛空至極，轉覺萬籟有聲。」這和西洋作家的一句話：

「要自寂靜中引出音樂來」，正可以互相詮釋。

自然界中不僅風起雨落有聲；花的展放，雲的飛揚也一樣的有聲；

雪片落下，爐爐燃燒，小鳥展翅，春草抽長，同樣的有聲，那一切都代表著人間一切的「生息」動態。而這一切都待慧心的文人以內在的靈耳去諦聽把捉，所以說：

如無詩人，

黃葉也妄自沙沙作響了。

五、是要去從事靈魂的探險，見人之所未見，發人之所未發——曾經有個藝術家說過：

「倫敦本來沒有霧，而自從畫家畫出了霧中的倫敦，這個大城就開始落霧了。」這話聽來似頗玄妙，而其意義無非是說，作家應如金聖嘆所說的，善於用靈眼覷瞄一切，而能見人之所未見，發人之所未發而已。作家不但能攝取到外物的形象，且進而能攝取到萬物內在的魂魄。整個的一本《人間詞話》，給我印象最深的部分，是王國維評論「細雨濕流光」一句的話，他以為這句是「能攝取春草之魂者也」。何以他說此語能攝春草之魂呢？想是因為這句把雨中蔥菁小草的生機，照眼欲流的滋潤而有生命的翠色，完全把握無遺了。寫至此我不禁聯想到黑麥愛思寫「草」的妙句：

在她的秋水中，
綠色的草地經過著。

此二語真是極其美妙，妙在「動詞的移植」，不說女孩的秋水雙瞳流轉於草地上，而說草地在她的秋水中經過。不過此二句妙在修詞，卻談不到攝取到草的魂魄。

文字如何能攝取到外物的精髓——魂魄，在於作家能使自己的情感附麗於外物，並能以己之心推度萬物，如美國才逝世沒有幾年的詩人桑德堡(Sandburgh)寫霧的妙句：

霧來了，
附在小貓的足上。

寫霧之輕，之落地無聲，真可以說前無古人。我們也真可以說他已攝到了霧之魂，因為他已以詩句把握到霧的真精神了。

能攝取到外物的內在之魂，才能加強文字的感染度，而感染度在托爾斯泰看來，乃衡量藝術優劣之準繩。作家有了這種本領，不但能生動的表現出現實中的一切，且能表現出超越的嶄新的現實，也就是莫泊桑所說的比現實「更根本的」現實。

六、是要會利用寫作的特技——這種特技可以說有兩種，一種是誇張的手法，一種是倒裝的句法。

先說誇張的手法——有人說天才作家每個是瘋子或狂人（這說法由來已久——莎士比亞即有詩人同瘋子相似的說法）。而當他的天才的火花迸發的時候，就是他的癲癇病發作的時候，是耶？非耶？我們說這話並沒有太多的概然性。天才是否為瘋子或狂人我們暫且不談，但我們可以說，作家是可以不講「理」的，這也就是說，作家可以馳騁他的想像力，而寫出不合常態的，以及違反物理學上原理的句子來，在古今的文學名作中，這種逾越常理的表現方式，我們見到的最多的，就是誇張的句法，如李白的詩句：

白髮三千丈，

緣愁似箇長。——這不是過分的誇大嗎，一個人的頭髮如何可以長到三千丈呢？這麼說來，我們的天才詩人李白，竟可以說是「披頭四小子」的鼻祖了。但我們讀時，不但不覺得詩人的悖理，反而覺得如此措詞異常動人，連帶著，我們不禁想起了一個英國詩人描寫長髮「繞身三匝」的句子，覺得二者有異曲同工之妙。另外，在宋詞中，我們也看到了如下的名句：

眾裡尋他千百度。——在群眾之中，人潮洶湧，怎能擠擠蹌蹌，尋人至千度百度？這分明又是作者辛棄疾的修辭上的誇張手法，但讀來不覺突兀，且覺言之成理，此為作者的寫作藝術成功之處。

再說倒裝的句法——誇張的句法是內容的不合理，而倒裝的句法則是形式上的不合理——乍一看來，好像一些動詞或副詞擺錯了地方。但是，讀起來我們卻往往不覺其措詞怪誕，只覺其俏、其妙，充滿了新意。如唐人詩句：

客心洗流水，
餘響入霜鐘。——這不是兩個不合理的句子嗎？但卻是流傳千載的名句。先說第一句：客心洗流水，——推揣其意，頗同於「大江流日夜，客心悲未央」的意味，浩浩的長流，使遊子的內心充滿了惆悵，這顆飄泊者的心靈，宛如浮泛於水珮風裳之間，而詩人卻說是客心洗滌著流水，迴環吟哦之餘，我們覺著這種句法極其脫俗，而給我們的印象是歷久彌新，至於「餘響入霜鐘」一句，也是同樣的構造，讀來更覺奇特，而那悠悠然的鐘聲餘響，已似繚繞在我們的耳畔。

（至於近人管管的一句新詩：「請坐，月亮請坐」，雖不屬於倒裝，但語法別致，我們隨著他的句子，宛如見到那一輪滿月，晶瑩澄澈，流光徘徊，而端坐在藍空之中，李白「舉杯邀明月」，我們已經覺到極富創意，而「月亮請坐」，亦覺可喜，分明中天懸著月亮，何勞詩人向她說請坐，而由於詩人的一聲請坐，我們似更覺月亮的澄靜安詳，由於造語奇特，所以也順便在這裡一提。）

七、是要應用對比的原則——有位西洋作家曾主張文章應寫得戲劇化才能動人，而我們古代批評家也曾說過：「文如看山不喜平。」一篇文章如何才能使它戲劇化，且看來奇峰時現，不覺平淡無奇呢？這就要利用對比的原則。而文章中的對比又可分為兩種，一是形象上的對比，一是情感上（或人物性格上）的對比。我們都喜歡看形象懸殊的不同東西擺在一起，而兩種相反的感情的對比，尤足以激盪我們的心靈。

記得幾年前我曾在美國新澤西州的某一公寓住宅旁邊，見到草地上許多排路燈，我曾戲呼之為「燈之林」。而燈之林的可愛是由於對比：——白色的燈球，與沉沉的夜色形成一個強烈的對比，所以給人極其深刻難忘的印象，在文章的描寫物象部分，我們要多應用這一對比原理。如寫枯幹上突然抽出一枝新綠；冰雪未消，而一條小溪因受了春陽的愛撫而涓涓始流；一隻小小的鴿子，懵然於公共汽車站的喧囂，而挺胸昂首旁若無人的散步……皆屬於這一類的對比。

而如在英國女作家瑪利．韋伯（Mary Webb）寫的一篇小說《謫仙記》

(*Gone to Earth*)中，寫一個村野的小女孩黑澤(Hazel)抱了一隻瞎眼的小狐狸，在日落黃昏的時候，站在險巇的山谷邊，茫然而立的一幕，是非常感人的——何以感人呢?因為弱小的女孩與手中可憐的小動物，和燃燒成一片金紫的夕陽臨照下的絕崖深谷，形成一鮮明比照的緣故。世間原處處充滿了對比：善與惡，光與影，晝與夜，忠與奸，美麗與醜惡，正義與邪僻……在在形成對比，我們如果不忘在文章中時時展現對比的景象與感情，而寫出光明、善良、美麗崇高一面之值得歌讚嚮往，必能扣人心弦，感人內心。

最後第八點我們要說的是：在一篇作品中，如盡量提取人生感人的一面，而加以濃縮，達到精鍊的地步，必收到感人的效果：

如王維的一首詩：

木末芙蓉花，
山中發紅萼。
澗戶寂無人，

紛紛開且落。

反覆吟誦，我們必能發現：這首詩雖僅四句，但不啻一篇悲壯、瑰麗的小說。其中有靜態的美，兼具動態的美，同時表現出生命微瀾的起伏、變化，其中有歡樂、青春，也有無限的寂寞與憂傷。這四句詩，在寫作的藝術上表現出精簡、對比……等藝術手法。

我們看前二句是一片炫麗，充滿生長的愉悅，以及揚芬吐蕊的美麗與歡笑。而後二句則是一片寂寞，前後映照，形成強烈的對比。

全詩以首句點題，第二句後開始接近全篇頂峰，枝頭一片朗麗，熱鬧十分。而可惜澗戶空靜，寂寥無人，好花終於葳蕤垂垂，自開亦復自落。這幾句詩中，迴蕩著《古詩十九首》中的名句：「不憐歌者苦，但傷知音稀」所含的悲哀，又如英國詩人高德斯密（Goldsmith）的〈荒村詩〉（The Deserted Village），以及葛瑞（T. Gray）的〈鄉村公墓上的輓歌〉（An Elegy Written in a Country Churchyard）中所表現的好花無人觀賞，芳香徒然飄散於空際的意味，落寞之感，凄涼韻味，已滲透紙背，以及讀者的心底，而末了以「開且落」三個字簡潔而技巧的畫出了生命的弧線。山中花發，何等喜悅，而既開且落，紛紛如雨，又是何等的堪哀。生命的戲劇，莊嚴肅穆，使我們深思長喟，終於達到一更高的超脫的精神境界。

我們從事寫作，無論寫詩、散文或小說……總要把人生一幕精彩的戲劇；一段思潮、心情的起伏；或一串連綿的感情，以技巧的手法加以提鍊，像居里夫人在多少噸土瀝青中，濾取到那一閃的鐳光，在人的靈魂深處，顯示出照明的作用。

作者附記：

一、此篇為向政大文學系同學發表的講演詞，又稍加增刪、補充。

二、為便於記憶，文中引證例句，多取自詩詞。

中國文學中表現的正氣

中國文學中表現的正氣，這個題目，我擬分三部分來講：

一、什麼是正氣，以及它與文學創作的關係。

二、我國正氣文學的傳統。

三、我國古往今來表現出浩然正氣的作家與作品。

提到正氣這兩個字，我想大家會自然而然的想起了總統　蔣公的嘉言：

「養天地正氣，法古今完人。」

這兩句話是總統　蔣公擬的詞，而後來由　國父書寫的楹聯，大家都看到過。　蔣公更說過：

「他們有武器，我們有正氣。」

這幾句話，含蘊著最深刻的智慧，以及最珍貴的啟示：的確，我們生活一日，就要以古今最完美的人格作為塑造自己的典範，同時，我們更要培育、涵養心胸中那股正氣。我們一腔蓬勃的正氣發揮到極致，會勝過了船堅砲利；發揮到極致，就將如長虹，貫日月，達到了沛然莫之能禦的境界。

正氣既然是如此重要，那麼，到底什麼是正氣呢？

一

孟子說過：「吾善養吾浩然之氣。」「其為氣也，至大至剛。」他又說過：「志至焉，氣次焉。」

至此，我們遂知心靈、意志乃正氣之所由生。古今仁人、志士、英雄、豪傑所表現的那股浩然正氣，乃是由胸次那種正確的心向、堅定的意志，所萌發出來的。

是以培養心志，是我們涵養正氣的第一步工作。有些學者看出了心志與正氣的直接間接的關係，而志與氣又是形成文學作品靈魂的要素，所以更認為培志與養氣雖是修養性靈的步驟，但也與文學創作有密切的關聯。

前面曾引過孟子說的：「其為氣也，至大至剛。」現在我們就把這句話分析一下，以進一步的闡明正氣與文學作品二者間的關係。

先說「至大」，至大就是博大，不狹窄，海涵地負，無所不包。如果一個作家內心迴旋盪漾著一股正氣，他的心靈必能和宇宙天地同其博大，而能有民胞物與的胸襟、悲天憫人的情懷，進一步的表現出同情、博愛的偉大、崇高的情操，將天下生民的苦樂化為自己的苦樂，並且與外物契合，而達到與草木通情愫，與花鳥共哀樂的境界。

那麼，「至剛」的意義又何如呢？古人說過：「無欲則剛」，一個人的心性能達到無欲的境界，就可以說是清明在躬，如此，則在精神上具有了一種不可摧折，不能曲彎的強韌性，具體一點說來，則可以說是有一根挺直的脊椎骨。這也就是威武不屈，貧賤不移的堅毅。表現於生活中，就是那種凜然之氣，其在文字中，就形成了那股震聾啟聵的鏗鏘金石之聲。

至大、至剛，——倘若我們執著於這兩方面，自然而然就能表現出無私、無我的精神。一個人具備了這兩種美德，與人交往，就顯示出謙沖有容的風度，在對事對物上，則顯示出超然、灑脫、了無沾滯的襟懷。

所以，我們進一步可以說，一個中存正氣的人，有清明、澄澈的心地，光風霽月的懷抱，因為正義以他的心為搖籃。

在心理上，他能辨忠奸，明是非，知去就。

在行為上，他是有所不取，有所不為，能表現出「雖千萬人吾往矣」的卓越行徑，而能忍受心靈上的一片蒼涼，荒徑獨行的一片寂寞。

這樣的人，對真理之護衛具有熱誠，對正義之伸張有著高度的責任感，當在現實中遭遇到橫逆，這股熱誠就會熾烈的燃燒起來；這種責任感受到了激發，就會提昇起來。在燃燒、提昇之下，就會產生出一股強而有力的道德的勇氣，這是人間一股極大的力量，沒有東西能夠抵擋住它，即使有時候在形式上這股力量是挫敗了，但在其絕對的意義與價值上，它仍然是成功了。太史公曾說過：「《詩》三百篇大抵聖賢發憤所作也，」這裡「發憤」二字所指的，就是正氣之產生與萌發。正氣，也就是剛毅的精神在現實的粗糙面受到磨擦而迸放出來的》火花。

在我國文學史中一些詩文的名篇鉅製，其作者，大都是鑄造民族歷史的中堅人物，他們在事業上有赫赫之功，而偶爾寄情翰墨，必也成為泣天地動鬼神的名詩至文，這由一些歷史名人的語錄、家書、詩詞即可以得到實證，這是因為他們個人的事功與文學作品，恰好是正氣的兩面，正氣蘊蓄於中，為國族往往建立奇功偉業，而發為文字，則成為不朽之作。證之以民族巨人總統　蔣公的豐功偉業及感人的文字，我們就可以更瞭解了。——同時，這也正是「風蕭蕭兮易水寒」此一短歌的創作過程，也是黃道周的：「綱常萬古，忠義千秋，天地知我，夫復何求。」四句悲壯詩句產生時的心理背景。

二

我國正氣文學的傳統：

孔子的：「《詩三百》，一言以蔽之，曰思無邪。」乃是正氣文學最簡明的解釋。無邪則正，所謂「《詩》正而葩」，就是這意思。自孔子，至孟子，至大義凜然寫〈正氣歌〉的文天祥，乃是一脈相承。總統 蔣公留給蔣院長的墨寶中，有兩句話是：「以國家興亡為己任，置個人死生於度外。」這種高度的責任感、愛國心，乃是正氣的表現，也是正氣文學最完美的表徵。這股正氣，在一些作者的精神生活中，迴旋、激盪、醞釀、生發——至其極處，寫出來的東西，已不是一張白紙，數行墨痕，而是和著血、和著汗、和著淚。而也可以說是作者心靈最卓越的成就，最動人的錄音，達到了人類靈性境界的最高點，至此，一篇充滿了浩然正氣的文章，其中所揭櫫的，所啟示的已突破了文藝的範疇，而達到了道德的境界，進入了宗教的領域，豈止可以啟迪人類的心靈，且進而可以淑世、救世。

一念在茲，浩氣沛然，也正是總統　蔣公書贈蔣院長「寓理帥氣」四個字之義蘊，做到這一地步的話，能使人超乎凡，入乎聖，登賢關而渡聖域，引起讀者心靈一種上昇運動，出於水火之中、而登於衽席之上，這種正氣的作用，能促進人類靈智活動達到最高點，其功用是倫理的、是哲學的，可以使人類在進步的過程中勇往直前，免於退步，更免於退化。在文壇上，我們有優美而豐富的正氣文學的傳統與遺產，在世界上也是罕有其匹的，這是我們的幸運，也是我們所引以自豪的。我們這樣說，絕無誇張的成分。我們可以請英國的富萊澈 (Flecher) 先生為證。富萊澈先生是一位翻譯家，曾經作詩讚美我國的詩人李白、杜甫。因李、杜以英瑋絕世之姿，超越百代，一股正氣高風，世界詩人罕能望其項背。富萊澈有一詩，如今我試譯如下：

皎月銀輝映大地，

蜂採玫瑰成馥郁。
公等文采如銀河，
莫嗔地上河川照影暗翳翳。

他的意思是說：李杜詩文如同銀月照著普世，又如蜂採百花，釀成芳馥的甘飴，而他的譯文如同地上的小小川流，如果把月光反照得陰影翳翳，還希望兩位詩人不要見怪才好。這幾句詩，表現出中國的文學作品——表現出高風勁節的正氣文學作品，在世人心目中的崇高地位。

三

說到我國的表現正氣的文學作品與作家，我們首先想到了先秦時代流傳下來的一些篇章及其作者。

我們第一個想到的就是「禮運大同篇」，其中孔子那段精彩的宏論：「大道之行也，天下為公」的那一段，論及大同之治，大言炎炎。不但是好文章，並且表現出至高的、至公的政治理想，可以說是我國正氣文學的第一篇。

其次，我們想到的是：《孟子》中「舍生取義」的那一章。

在這一章中，最精闢的一些字句，我想大家都背得下來。那幾句是：

「生，亦我所欲也，義，亦我所欲也，二者不可得兼，舍生而取義者也。」這數語表現的是重義而輕利，重精神而輕物質，寧捨去寶貴生命，以求「義」之實踐，為了大我而犧牲小我，這一段精彩無比的文字，用一句現代的話來說，可以說是正氣文學中的代表作。

另外，我們更想到《呂氏春秋》中〈去私〉的一章。其中首先提到：

「天無私覆也，地無私載也，日月無私燭也，四時無私行也，行其德而萬物得遂長焉。」

這段文字中主要的意思是去掉一些「私」的念頭與觀念，充分的闡釋了我國傳統的大公無私的美德，乃源自宇宙基本的化育、創造的精神。

談到我國文壇上文學作品中，一些表現正氣的作家及其詩文，我們不由得首先想起了大詩人屈原。

那位「朝飲木蘭之墜露兮，夕餐秋菊之落英」的楚大夫屈原，《史記》上說他：

「屈平正道直行，竭忠盡智。」更說他：「其志潔，其行廉。」「濯淖污泥之中，蟬蛻於污穢，以浮游塵埃之外，不獲世之滋垢，皭然泥而不滓者也，推此志也，雖與日月爭光可也。」

屈原表現在他的〈離騷〉中的思想，是忠愛國家，而不願與一些營營苟苟的小人同流合污，他的心地是純真的，感情是誠摯的，而忠貞愛國之情，香草美人之思，千載之下，猶令人為之感動不已。如他的句子：「製芰荷以為衣兮，纂芙蓉以為裳。不吾知其亦已兮，苟余情其信芳。」以及：「高余冠之岌岌兮，長余佩之陸離；芳與澤其雜揉兮，唯昭質其猶未虧。」其為人之方正，志趣之高潔，使人景仰不已。

他的行徑，令人聯想起揚雄「法言」中所說的：「渾渾若川。」

他的作品風格，確是浩浩如江，渾渾若川。絕非一些「好語虛偽之事，爭著詭麗之詞」的風格卑下的無聊之士能比。

屈原之外，我們更想到了詩人陶淵明，鍾嶸說他：

「篤意真古，辭興惋愜，每觀其文，想其人德。」又批評他的詩文說：「世嘆其質直。」「質直」是文詞簡淨的另一說法。同時，陽休之也說他：「而往往有奇絕異語，放逸之致，而棲托仍高。」

昭明太子更讚美他：

「淵明文章不群，辭采勁拔，跌宕昭彰，獨超眾類，抑揚、爽朗，莫之與京，所謂橫素波而傍流，干青雲而直上。」他的詩文這種高妙風格的形成，乃是由於他的胸臆間有一股正氣的緣故。

沈德潛曾以下面的句子評讚陶淵明：

「陶詩胸次浩然。」詩人沈約更曾在淵明的詩中發現，淵明對晉朝忠心耿耿，自入宋以後，他在詩中就只記甲子，不記宋的年號，即此一點，再配上他那超軼群倫，清新俊逸的作品，讀者自然而然的在字裡行間發現出他心中那股忠義之氣。

顏真卿曾讚頌他說：

「嗚呼陶淵明，奕奕為晉臣，自以公相後，每懷宗國屯。題詩庚子歲，自謂羲皇人。」

陶淵明的詩，在一種沖淡的韻致中，表現出了醇正、雅正，及一種諧和之美，這正是那忠貞之思、忠直之志以及忠義之氣的昇華。

如他的詩句：「日暮天無雲，清風扇微和。」──表現出澄澈無比，空明如水的精神上的靈境，他以平靜的心情談說著人生的哲理以及自然萬象呈現出的一片諧和，以詩中的理趣，表現出他一腔中正平和之氣。

又如他詠雪的詩：「傾耳無希聲，在目皓已潔。」──這哪裡是在詠雪，而是他那純淨遼闊的心靈的素描，胸次充溢正氣且富於正義感的忠直之士，筆端才會有這樣優美的詩句。有人說他這兩句詩每個字的聲音已成為一種流質，溶溶漾漾，形成正氣的「氣流」。

有些文學批評家曾說他的四言詩比不上他的五言詩，但這可能是一種偏頗的說法，如他的四言中的句子：「花蘂分列，林竹翳如。」──

是何等的佳妙，詩句中展現出了整齊美麗的光景，秩然有序，馥郁芬芳，乃是作者心地純潔、正直的最好說明。

第三位有代表性的作家，是寫〈正氣歌〉的文天祥。

正氣二字，在文天祥的筆下，寫出了最確切的定義，想大家都記得〈正氣歌〉中的一些詞句：

「天地有正氣，雜然賦流形：下則為河嶽，上則為日星。於人曰浩然，沛乎塞蒼冥。」接著又是一串這樣感人的句子：「是氣所旁薄，凜烈萬古存。當其貫日月，生死安足論。地維賴以立，天柱賴以尊。三綱實繫命，道義為之根。」

這段話的意思，乃是說：宇宙天地之間，有一股正氣，視之無形，觸之無物，但它能以各種現象與姿態，呈現於現實之中。在大地之上，巍巍的高山，浩浩的江河，含光吐耀的日月星辰，皆是正氣的形象化，皆是正氣的象徵。而其秉賦於人，則成為他胸臆間浩然正氣。這正氣瀰漫於六合之內，充溢於方寸之間，忠臣義士的卓越行徑，都是這正氣的印證與實踐。

一些正義之士，有一股激發他正義感的正氣作為他行為的準則與原動力，亮節高風，輝耀寰宇，而當這股正氣如長虹，貫日月，見諸實際行動之時，在最高的精神價值的比照之下，區區生死的小問題，根本就不值得思慮了。

因為正氣的無限價值在此，是以文天祥認為：大地賴以維繫，天柱賴以支撐，三綱五常的意義與關係，賴以保持於不墜。這又說明了：道義乃正氣的根源。

以上我們所舉的，不過是我們深刻優美的正氣文學作品中的一小部分，而實際上，我們文壇上表現正氣的文學作品與作家，多得不可數計。所以，我國一部輝煌的文學史，簡直也可以稱為是一部正氣的文學史。

方才我們提到過，昔日傳流下來的詩文中，其作者固然有些是文人，但有的卻是民族偉人、賢相、忠臣、義士、名將，其赫赫的事功，對國族的貢獻，固然是炳耀寰宇，而正因其無意為文，偶一成篇，字裡行間，自然而然的流露出那股忠貞的正氣與豪情，成了文學中的瓌寶。

如那為了國事鞠躬盡瘁死而後已的，寫〈出師表〉的諸葛亮。

有文采、有武功，寫了〈五嶽祠盟記〉以及那激昂慷慨的〈滿江紅〉的岳飛。

愛國詩人蘇軾、辛棄疾、陸放翁。

寫〈請勵戰守疏〉的民族英雄史可法。

周遊四方，睠懷故國的大儒，寫〈日知錄〉的顧炎武。

更有民族英雄鄭成功，他的詩句：「縞素臨江誓滅胡，雄師十萬氣吞吳」，更反映出他志切迴天的壯志。

此外，我們更想到了寫〈奇零草〉的明末名臣張蒼水。

為締造民國而獻身的陸皓東、方聲洞、秋瑾、林覺民……等烈士，他們不僅富於愛國熱誠，且長於翰墨，所留下的文字，皆足以震鑠古今，喚醒國魂。

清末民初的愛國詩人黃遵憲，他的〈人境廬詩草〉，充滿了感情，也洋溢著正氣。

民國二十年左右以短詩長歌轟動詩壇的白屋詩人吳芳吉。還有臺灣的詩人連雅堂、邱逢甲。邱的有名詩句：

「地陷東南浮大島」以及

「天南豪傑救中原。」皆為人稱誦不已。

這些詩文作者的思想、志趣、懷抱都是異常崇高，超人一等的。

最後，我要說的是：我國一些表現正氣的文學作品，對人類的心靈，會有一種提昇的作用，會有一種啟發的作用，正足以遏止世界文壇上及思想界，那股唯物的逆流。

在這一段裡，我要說的是：第一，我國一些傑出的文學作品，莫不是直接間接，或隱或顯的表現出清醇、雅正的特質，因為有股正氣迴旋往復於字裡行間，所以成為民族的正聲。

這種正聲有如正義的木鐸，風雨中的雞鳴，可以發人深省，引人思味，同時，有的作品，則表現出寧靜、和諧、哲人的思維，以及對宇宙對人生的深刻體會與了解。這種體會與了解，使我們與世界一切保持了友誼的態度，進而達到最高境界：與萬化冥合，天人合一，物我兩忘，使物融溶我們的心靈深處，而最後我們得以心靈君臨一切。

第二，我們的發揚正氣的文學作品，在於強調大我的重要，在於強調精神生命的永恆，許多有價值的文學作品中，都表達出了這個意思。我們認為土木形骸是次要的，而我們注意的是超性生命的永恆，精神價值的無限，正氣與正義的永存，捨生取義，雖九死而不悔。

有了這一種觀念，我們的歷史上才出現了前仆後繼、衛護正義、捍衛國族、視死如歸、悲歌慷慨的忠臣、名將、義士、英雄，他們當中的文天祥，即曾經發出了：

「人生自古誰無死，留取丹心照汗青」的昂揚呼聲。

他們當中的黃道周，在為救國兵敗，受敵人刑戮以前，悲壯的寫出了：

「綱常萬古，忠義千秋……」這樣震撼人心的句子。

反觀西洋的文學作品中，這一類的詩文不是沒有，而是在數量上較少。而希臘羅馬神話，更在後來的文學作品中羼上了強烈的享樂意味，強調現實物質生活的色彩。

遠的不講，但講近代存在主義的一些作家，如卡繆、沙特、卡夫卡這幾位存在主義的大師，他們抓住了社會上同人類生活的表面現象，以及些許感覺上，神經方面一些生理、病理學上的情況，而大加渲染，仔細摹描，強調心理上那種無常之感，空虛、落寞之感，生存的孤絕之感，人與環境、習俗不相諧調的陌生之感，而忽略了人類心靈中神性的、高貴的、超越物質的一面。再推上去說，如美國的海明威，他曾被稱為兩次大戰中美國的代言人，他曾獲得諾貝爾獎金，而他的作品文學雖然優美、精鍊，但那也只是表現出人類在那種沒有精神原則的迷茫中，無可奈何的掙扎，他書中的人物，靠了掙扎與「色厲內荏」的逞強行動，來賦給生命一點意義，而忘記了指導人類的最高法則：仁愛與正義。再如英國四十年代的感覺派女作家吳爾芙夫人，她以為人不過是一個透明的包袱，其中包著的只是一些流動的意識與神經纖維而已。脫離了心靈的指導，正義的法則，這兩位著名的作家不曾在作品中為人類指點出路，為自己也未曾找到出路，末了這兩位大作家一個據說是玩獵鎗走火，一個是自殺，讀者在他們的文章中，看到的也只是懸崖絕壁之前，一塊上面寫著「此路不通」的牌子。

我們的文學的傳統路線是唯心的，強調精神價值，超性生命，足以矯治異國文壇上近代一些作家的短視、淺見而導人類於正途。

第三，西洋有一些人，因為受了唯物論及文壇上一些誤謬思想的影響，只看到了物質，並不能在上面寄托心靈。迷茫的找不到人類精神上的故鄉，因而痛苦的喊出了他們是迷失的一代，失落根株的一群。

他們到處尋尋覓覓，尋找失落的根株，生存的憑藉，而因尋錯了方向，所以有如盲人騎瞎馬，夜半臨深池，急切中越找越找不到，以致形成了心理上的惡性循環：越找越迷茫，越迷茫越找。

而我們，這幸運的民族，我們，這幸運的一群，我們自堯、舜、禹、湯、文、武、周公、孔子……以至我們的　國父、總統　蔣公，我們有優美而完整的文化傳統，思想的體系，以及文化的根株。我們文化的中心是仁，由仁輻射出來我們的行為準則是義，在仁義的基礎上，我們的列祖、列宗、古聖、先賢，以及近代我們民族的救星，發揚了人性的光輝，民族的正氣。我們絕對可以自保、自強，且進一步的自我發展，且助別人發展。

我們追根溯源，我們何曾迷失，我們又如何會迷失？我們為什麼要跟著別人狂喊亂呼說什麼無根、迷失？我們古聖先賢及近代豪傑之士所留下的典籍著作，就是我們人生旅行的導遊手冊，我們理想的藍花，就開在我們的後園，我們為什麼要捨近求遠？

我們不但不要再喊是迷失、無根的一代，並且我們要進一步的發揚我們的以仁義為本的正氣文學，發揚人性中的光輝，引領世界上那些迷失了正路的人，找到精神上的家鄉。

我們如此說，我們絕對沒有一點自大、狂妄的意思，我們說的都是有根據的，美國有一位文學教授波克就曾如是說過：

「我們應注視中國高度的文學，那乃是保存我們人的基本靈性的極佳辦法。」

世界上的智慧之士已有這樣的真知灼見，我們又何必妄自菲薄！各位先進，各位朋友，在世界昏昏之日，正是我們獨醒之時，讓我們好好用心揣摩研究，繼承、發揚我們充滿正氣的文學傳統，以宏揚三民主義，復興中華文化！

如果各位有興趣，我們不妨現在一起來背誦一下文天祥「正氣歌」最後一段中極度感人的句子：「哲人日已遠，典型在夙昔，風簷展書讀，古道照顏色。」

在風簷之下，我們展讀何書呢？當然是我們那些表現正氣的文學作品！

作者附記：此篇為在文化復興運動促進委員會及輔仁大學聯合舉辦的文化與修養講座中，發表的演講詞。

千里姻緣

俗語說得好，「不是冤家不聚頭」，「千里姻緣一線牽」，我和他的相遇，說來真也湊巧，他是在抗戰前線，和日本軍閥作戰五年，才輾轉於三十二年三月五日到了重慶；而我是三十一年冬初就離開了學校研究所的教室與助教的職位，在滿目荒涼的黃河流域，坐架子車，又在陝西搭乘「闖關」（潼關）火車，於三十二年三月七日，才到達了那抗戰時期自由祖國的心臟——重慶。冥冥之中，真好像有一隻神秘的手在牽引著婚姻的線繩，使這兩個陌生的年輕人，在三天之內，一前一後，都來到了那抗戰的基地。

抵達後第六天，我急於覓得一個理想的工作，為戰時的國族，貢獻

一己的微力——套用我那時日記上的一句話：「要在大時代的齒輪上，做一枚小小的螺絲釘。」當時，我記得著了一件褐色的夾大衣，頸際飄著一條淺黃色的圍巾，帶著猶未洗盡的征塵與一臉稚氣，以奔赴大後方的愛國學生的身分，全無介引的，貿然去拜謁一位在社會上及學術界極孚眾望，且向極愛護青年的長者。憑了我純真無偽的談吐，愛國的熱誠，在校期間完成的一本膚淺的文藝小冊，那位藹然的長者居然答應推薦我去為一家大報編副刊，不過附帶著一個條件，那即是我得先用文言文翻譯一篇教宗庇約十二世的通諭；如果我的譯文通過，他老人家即可幫著我說服那報館社長聘請我。

我當即興沖沖的捏著那一篇洋洋灑灑的，英譯的拉丁文的教宗文告，預備回到我寄住的同學家連夜將它譯成中文。剛剛一踏出那位長者的辦公室，隔壁突然有一個人探出頭來，這人好像很清瘦，著了一件頗舊的藍色衫子，頭上壓著一頂呢帽，低低的覆遮到他的眉際。

「好奇怪的一個人！」我微微感到納罕。及至走到外面的馬路上，看到路兩邊顫搖著黃色小花的山岩，聽到一聲聲開鑿防空洞的清越斧鑿聲，戰時那充滿了新鮮、緊張氣氛，而又充滿了活力的環境，使我瞬間就把那個「怪人」忘記了。

過了幾天，我正式到那報社上班了。一日社中的職員們聚餐，餐桌上，坐在我對面的，赫然又是那個「怪人」，仍然是那件褪色的藍衫，舊呢帽仍低低的遮住他半個面孔，吃完了一頓飯，我也沒看清他的面貌。

有一天我正在編輯桌上看稿子，那個人忽然出現了，他看到了我，一把將他的帽子扯了下來，這使我突然一驚：這面孔怎麼似在哪兒見過？啊，想起來了，那是一本文學史中，詩人雪萊的畫像，蒼白的面色，清奇的面容，兩隻大眼睛閃射出逼人的光彩，這個人的面目混合著流浪人、詩人與冒險家的成分，正是一個初出校門的女孩子的「幻想」。儘管他的服裝不太講究，但一襲舊衫，好像掩不住他靈魂的輝光，反而使他更多了幾分傳奇色彩。

他一欠身就坐在我對面的椅子上了，他說我第一天去覓職時，他正好在隔壁的房內，一踏出房門，就看見了我，第一眼就覺得我和很多的女孩不大一樣，我聽了只笑了笑，我知道這是一句極普通的恭維話。接著，他又作了番自我介紹，更滔滔的敘述出他在前方和日軍作戰的經過，談話中更引用了一些古人的詩句。他個人的「英雄」事蹟，再交織穿插上一些古代戰爭詩人的悲壯名句，真使初出茅廬的我聽呆了。

戰時的住處比較難找，因而他就暫時寄住在報社編輯部樓下的一間小屋裡；他同時也在報社擔任點職務。他說，征衣甫卸，預備藉這輕鬆的文墨工作，休養一下身心，然後再投身於時代的大洪爐裡，好好為國家做點事。……這以後，每隔三五日，在我要下班的時候，他就離開他的辦公室來看我了。他好像有說不完的真實而感人的故事。於北方古城中在日軍的鐵蹄下讀了好幾年書的我，曾深深的感受到「黃昏胡騎塵滿城」的悲憤，他那些描述抗戰經過的故事，使我感動，並激發了我的好奇心，何況他又有一張「東方的雪萊」的面孔，滔滔雄辯的口才，由談話中見出他又讀了不少詩書，同時，他了解女性的心理，懂得獻些小殷勤……他給我的印象逐日加深，不過，少女的矜持，仍然使我的心湖上凝著一層薄冰。

有一次我因事未去編輯部，第二天我上班時他來了，手裡捧著一大束菊花：

「張小姐，我已經三十二個小時二十五分十六秒沒看到你了！」

這一個善作驚人之筆的怪人，他這別開生面的推算時間的方式，又使我吃了一驚。我還從未聽說過用鐘點、分秒向一個不太熟的朋友計算「違別」的時間的。

我那天看稿子，一不小心藍墨水染上了手指，他在旁邊看到了，一聲不響的走了出去。過了一會兒，只見他氣喘吁吁的踏著快步端著一只臉盆來了，還拿著嶄新的面巾同香皂，他慢慢的將臉盆擺在一把木椅上：

「這裡的工友都很忙，我就替你打了一盆水來，請洗洗手吧，這面巾還是我自很遠的地方帶來的。」

我才想說：「謝謝，面巾留著你自己用吧。」一抬頭卻連個人影也沒有了。

初抵山城，我有點水土不服，兼以思家念親，有一次竟然病了兩天。我那時是暫住在一處教堂後面一位女教友的家中，病癒後，才一走出那教堂正門，驀的，那仍著了一件舊衫的他，一股藍煙似的自門外冒了出來，滿臉是煥發的笑容：

「小姐，你可出來了，我已在這門口等了好幾個鐘頭了，貼在牆上的報紙裡的小廣告幾乎都背熟了。」

我沿著向報館的路走去，他也追隨在我的後面，路上他說我一個人在此，缺乏親友照顧，他準備下個星期天請我到他表姐家裡去玩玩，他又說：

「他們一定都很喜歡你，你有個病痛也好有人照顧。」

這個怪人！又來了一次驚人之筆，我和他雖然已不算太陌生，但畢竟也不算太熟稔，如今他竟然交淺言深，要把我介紹給他表姐一家了，他這話到底是什麼意思，還有更深的含意嗎？我低下頭，默默的思忖著，並未回答他，但他就以一次、兩次……連續而來的驚人之筆，震撼了一個少女的心靈，我心湖上的薄冰，開始漸漸的消溶……。

他不只善於描述他在前線抗戰的事蹟，同時，有些談話竟然完全用的是詩人口吻。他一日說到一次他作戰負傷，在山東省沿海一個村落休養，一天漫步海濱，海天茫茫，潮聲陣陣，使他感觸萬端。這時他的面前突然出現了一位老者，道風仙骨，銀髯飄瀟，這位老者見到他的那副苦思焦慮的神態，忽然捲起衣袖，以整個手掌作大字筆，在海灘的淺沙上寫了四個斗大的字：

海闊天空

這幾個龍飛鳳舞的大字，在那老人爽朗的笑聲中現了出來，襯映著藍色的天，更藍的海，舒捲的白雲，點點的銀色帆影，登時使他的心胸豁然。當他撫摸著海濱白岩，靜靜的思味這幾個大字的深意時，再一抬頭，老人已經走開，只有海風吹起他的衣袂，在照眼的夕陽餘暉中漸行漸遠……。——他這番詩意的敘述，將我帶入一幅圖畫中，使多幻思的我，為之悠然神往。

後來，當他知道我喜歡散步時，他在假日，在公餘之暇，常來約我到江邊山前去漫步了。有一天走到上清寺附近學田灣陡峭的石階上時，忽然落起細雨，多綠苔的石階更變得濕滑難行。他原是走在我前面的，忽然回過頭來，遲遲疑疑的向我說：

「小姐，伸出手來我拉著你走好不好？不然會滑倒的。」

想起出遠門前父母的叮囑，以及教會學校修女們平日的訓誡，我猶豫了一會兒，才伸出左手一根小拇指來，他就這樣捏著我的一根小指頭，吃力的走過了十幾層雨濕的石階。

一個有月亮的傍晚，散步走過水邊，水草碧綠，參差飄動，他忽然說：

「我小時候很喜歡做打油詩，唸一首給你聽聽好不？」

我說：「請你唸吧！」

他就有腔有調的唸了起來：

我走在水邊，
水上有一片藍天，
天上有一些微雲，
微雲托著一輪明月，
明月照見了我，也照見了我的心，
有一個長髮女孩的影子，
刻在我心上很深很深。

他這新式的打油詩使我笑得幾乎直不起腰來：

「請問你這叫什麼詩呀，一層天，一層月，又一層人影……，真是笑死人了。」

他搓搓手，樣子十分得意：

「能夠引你發笑，我這首詩就算好詩了。」我這才明白哪裡是他「小時候」寫的詩！

一日我下班回來，看到桌子上擺了一束淺紫色的茸茸的小野花（記得我曾向朋友們說過，我最愛這種小花），花下面是一本小巧玲瓏的日記簿，掀開第一頁，上面是幾行細字：

這空白的簿子，和我空白的心一樣，
隨便你在上面寫什麼吧。

這幾句話的確很誠摯，也很巧妙，使我的內心為之怦然，於是，我當真預備拿起筆來在上面寫出我的生命之歌了。

同時，他給那時在歐美為國宣勞的長兄，寫了一封信，草稿擬成後，他先拿給我看，記得那信開頭就說：

「大哥，你記得最近在報社編副刊的，那個來自古城的小姑娘吧，想不到這小姑娘的一枝筆打動了我的心，希望你能為我們做個決定……。」

長兄的回電很快就來了，是打給一位秘書的：

"Tell Philip engage with Chang Hsiu-ya gladly blessed"

在結婚前夕，他又用了一番話來考驗我，他說：

「我的家很窮，我除了肯幹、苦幹的精神以外，就是箱子底那套二尺半的舊軍服了，……你再考慮考慮吧，嫁給我你會受窮的。」

他的坦直與誠懇，更使我一顆純真的心傾向於他了：

「我們都還年輕，讓我們合力開拓前途吧，受窮怕什麼。」

他開心的笑了：

「簡直純真得像個孩子。」

就這樣，這來自天南、地北過去生活的方式不同，性格迥異的兩個人，就在重慶市的真原天主堂結婚了。為了力行抗戰時的節約，行過婚禮，舉行簡單的宴會之後，著了新衣服的我和他，是合撐一把雨傘，踏著滿街泥濘，步行回到我們新的家——一間小樓屋。文壇先進陳紀瀅先生、李辰冬老師、王藍老弟和當時才和他訂婚，現在是他的夫人的涓秋妹，都曾光臨過我們那簡陋但溫馨的小屋。那屋中的壁上只有一幅畫，桌上只有一個盆景，他當時的心中，我相信，確如他的打油詩中所說：深深的印著一個人的影子。

新婚後，我們曾到重慶市外的青木關去渡蜜月，他那時，是那般的殷勤體貼，早晚常伴我漫步於草木蒙茸的青碧山坡，看著遠處公路上的巴士，在日影下宛如一條條發光的銀魚，迅速而過，直到暮煙四起，淡紫的霧靄模糊了眼前的景色，他握著我的手說：

「山間晚上瘴氣很重，我們回去吧。」

那時我們的日子過得並不寬裕，但在精神上卻是豐富的。我們的「盛筵」往往是趕場買來的，蒲葉包著的好多新鮮番茄，兩人俯身清亮的小河溝上，將番茄沖洗乾淨，就坐在水邊，一口一口的咬嚼起來，濃綠的樹蔭灑滿了一身，聽蟬兒拖著長長的嘶聲飛過樹去……。

那階段因為是在戰時，大家都很刻苦，但友朋到來，他總設法張羅出一大桌子菜餚，他對朋友慷慨熱誠，對新婚的妻子更是溫存而親切，記得那時他每次預備出去理髮時，總一再囑告我：

「你站在窗口等我呀，不要走開，我很快就會回來了。」其實那理髮店就在十幾步之外的巷口。

這個年輕時面目像雪萊，後來舉止有點像拜倫的他（一時真找不出更妥切的譬喻，我只有用這些世界名詩人來做比喻了），我覺得不失為一個可愛的人。有人說他的脾氣壞，實際上他的性情的確夠暴躁的，但霹靂一聲，立刻雨過天青，他會變得比女性更溫柔。有人說，他可能受不了他的妻子對他的「高傲」態度，其實我多多少少基於天真的「英雄崇拜」心理才嫁給他的。也有人說，可能他對我的愛看書愛拿筆亂畫的習慣感到不耐煩，其實婚後我為了做個好妻子，曾有五年時間，不親筆硯，也很少看書，曾以大部分的時間洗菜、淘米，為他補裰襪子上的破洞；而他呢，卻常常買來很多的文藝書籍及一疊疊的稿紙，更將書平平的擺在我的面前，把水筆放在我的手中，鼓勵我多看、多寫……。在情感上他後來一切的變化，也許可以借用他寫給我信上的句子來解釋：

「別離實在太可怕！」一切都是「別離」一手導演而成的。而他同時也太像一個性格不穩定的大孩子，肯幹，肯苦幹，但有時也難免性情浮動，為了貪看浮華世界的櫥窗，以致流連忘返……。

儘管他已自我的身邊走開了，但走得並不遠——仍在同一個城市中。他任何時間回來，他仍可像當年似的，在家中的藤花蔭覆的「窗口」找到了我。

耶穌曾說過一個譬喻：一個牧人的小羊，有一次離開了羊棧，牧人乃以全力去找尋牠，及至尋找到了牠，仍對牠如昔，且將牠背在肩頭，……這美妙的譬喻，極徹底的說明了一個道理：愛就是寬恕。

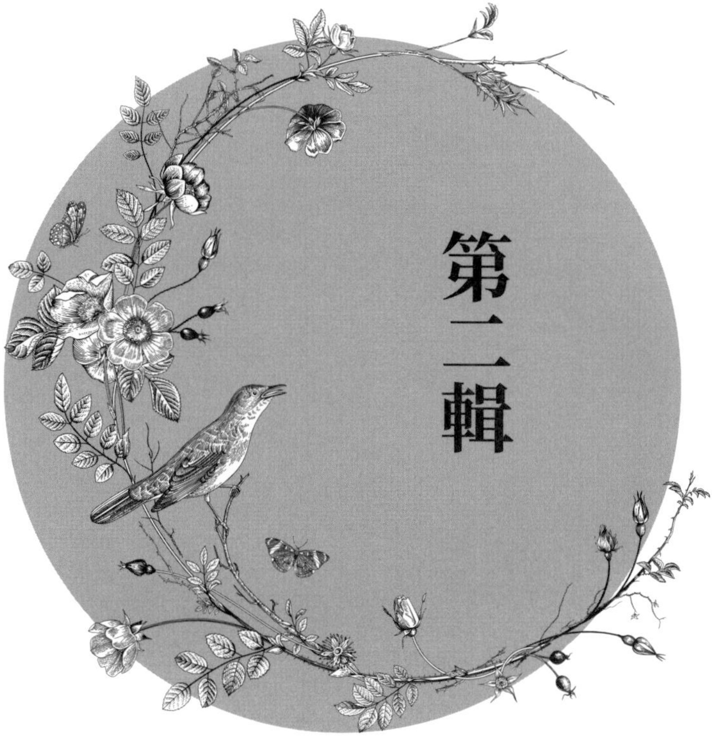

第二輯

春天三章

一

春天，我說它像一個著了花斑衣裳的孩子，騎在時光的馬背上來了，蹄聲得得，鞭梢響亮，那馬蹄的跡印，清晰的印在大地的手冊上。

藍鐘花、櫻草、茶花、水仙，還有那些頑皮的山躑躅，都活潑而鮮麗的描於大地的冊頁，形成風景線上最出色的部分。

自那些花朵裡，
有詩歌如蜜，

滋養著春之季節。

二

我喜歡踟躕在春天的窗外，春天的村外。

在春之綠野，以心靈為篦筐，我願做一個辛勤的拾荒者。

誰又會笑我呢，因為我掇拾的，是美的境界中屬於無價的部分。那被微風、細雨圈點過的一花一葉，不都是春天最好的說明書？

回到家，一如唐朝的李賀傾倒他的錦囊，我也推倒了我的篦筐，這也是些活的詩句呵，並且更為芳香，我以它們連綴成一支繽紛的花之長歌。

那可以說是春天的原稿，更也可以說是春天的箋註，最妙的是其作者是春天自己。

聰明的孩子，希望你能把它讀出來。

你卻說了：

春天的原稿，美得使我癡呆，
我連做個讀者都有點不配。

三

但我終於找到了它的讀者。

那是在水邊，一些草花點綴的小河邊岸旁。一些國小的孩童們來了，他們還未得及脫掉冬天的外套，嘻笑著有如一群喧唱著的小黑蜂，他們的小面孔同那些花朵互相點燃，有如一盆春之火，他們不僅用笑聲把春天讀出來了，他們也用笑臉把春天生動的翻譯出來了。

面對著他們，我忸怩的收拾起紙筆，我想我如再把春天寫下去，就會成為多餘的。

散步

如果有人問我生活的消閑節目中最喜歡哪一項，我將毫不遲疑的回答：

「散步。」

但知道我此一「愛好」的朋友並不多，因為我曾多次表示：我喜歡寧靜，我喜歡窗子，並願將自己像一幀靜物畫似的，鑲嵌在窗子做成的畫框裡。其實，靜物有時也會自框中挪動出來。

民國二十四年，那時我還是一個中學生，曾寫過一首小詩〈閑步〉，（最初發表在那中學的校刊《師中月刊》上，窗友怡之、羅蘭當記得這刊物，後來這小詩收集在《秋池畔》一書中。）那首詩的首段及末段

如下：

這裡是
印過我屐痕的小草
它曾窺見過我的微笑
它上面曾落上我的影子
在一個夕陽欲下時
……………
當晚歸的燕子啣來了暮色
我要帶著滿衣的花香歸去
臨行時我不會忘了採折
含笑在樹蔭下的曼陀蘿。

這是當時一個中學生，受了一些留法詩人的「口語化新詩」的影響而寫成的，我在這裡引用這些未脫稚氣的詩句，只是為了說明我之喜愛散步，由來已久。

中學時代住在天津，那是北方一個繁華的商埠，在那裡，很難找到富於自然之美、吸引人徜徉流連其間的處所。只有水藍草碧的牆子河附近，以及離市中心不遠的桃樹成林的西沽，還可供人憩遊，我和同學們常在假日坐了白河上的小木筏去西沽，在那桃林裡散步，拾取滿地的落英。後來到古城升學，那裡到處是古蹟，勝景。自然更不吝惜彩筆，在城裡城外揮灑上深淺不同的碧綠，使得我這愛散步的人，在課餘之暇，到處留下了腳印。三海、太廟，……到處是我的影子，雨天，我喜歡彳亍於積潦下變作暗藍色的石版路上，在上面我可以找到路燈的顫動光圈中，映出的自己的影子。晴天，我更喜歡看那照在一道厚重的褐色古城牆上，由杏黃褪作淺黃以及更淺……的霞影，有時湊巧遇見塞外來的駱駝商隊，那一隻隻在暮色中徐行的駱駝，竟像是大片的晚雲，頸間叮噹的銅鈴，聲聲搖出了大漠的蒼涼，我緩緩的跟在牠們後面，自己也像走進了平沙列萬幕的塞外——唐朝詩人筆下的境界。

有時，在散步中正好吹驟起狂風，黃黃的砂粒揉進了衣領與頭髮裡，連同著春天溫煦的氣息，是那樣的洋溢著初春的歡欣。風太大時，就將一條薄得透明的絳色紗巾，將頭髮包了起來。披上帶來的大花格的薄呢寬鬆外衣，走進那有點幽暗，又有點神秘意味的城牆門洞，一陣風來，將寬大的風衣下襬吹得向後飄去，這時，兩隻手不由得緊緊的按住風衣的兩個袋子，一邊袋中是糖果，另一隻袋中是才自牆隙折來的幾片小草葉，或是一部薄薄的詩集。手觸摸到那詩集的封面，往往情不自禁的背誦起其中吟詠「散步」的佳句來：

北山輸綠漲春波，
直塹回塘灩灩時。
細數落花因坐久，
緩尋芳草得歸遲。

出城散步回來，我常是不逕回學校，而再到太廟作一番巡禮。

太廟，這昔日帝王的宗廟所在地，是一個碧森森的息遊的好去處，一走進來，抬眼望去，到處是深深淺淺不同的綠色，好像連一朵小草花都怯於在這裡開放，只有茶座上藤編的圓桌上的雪白枱布，與這片綠色形成悅目的諧和。我盡情的在一地清蔭裡走著，啜飲著那一缸濃濃的綠醅，直到夕陽西下，才繞道護城河回校。護城河邊，遲開的荷花，正為我這晚來的賞花者，在深色的背景上，描出淺白的影子來。

有時不外出，黃昏時候，就和幾位女同學在校園中拿著手電筒一邊讀講義、一邊散步，還曾被負責訓導的奧籍修女姆姆，笑呼為舊恭王府（校園）中的螢火蟲呢。

畢業後奔赴山城，在益世報社內和我的另一半于犂伯初次相識，後來漸漸的熟稔了，為了考驗他是否也愛好散步，是否也瞭解生活的藝術，每逢他約我去欣賞電影或話劇時，都被我否決了，而改為「散步」，他每次好像也都欣然同意了。

我們有時登上那朝天門的層層石階，欣賞著揚子江、嘉陵江匯流處的壯麗景色，於霏霏細雨中，在學田灣散步，一步一滑，踏著蹭蹬的山徑，有時一路走下去，離城好遠，只為了尋找山坳處一座飲茶的茅亭……。

我曾在一篇小文中記敘我們在山城中的散步：

「……在北方長大的我，為山城的綺麗風光眩迷了，終日流連勝景，履痕處處；而我常去的地方，要算是朝天門同臨江門了，因為在那裡我可以接近我最喜歡的那道大江。

那時和犁伯新婚未久，他常常伴著我，走過濕滑的蹭蹬山徑，來到江邊，眼前，是匆匆奔流的大江，頭上，常有一隻山鷹在高空浮雲間盤旋，這真是一幅出於大手筆的名畫，構圖疏朗，設色單純，我們高興能做了點綴這幅巨畫的小人物，而沉酣於畫面的美麗中，我們只靜靜的走著，賞味著，兩人都默默不作一語，因為要說的話江水都已代表我們說了。

有時，天色已晚，我們仍在那裡盤桓踱步，等月亮上來，月光欲現未現之頃，對岸山坡上人家的燈光亮了，先是一點、兩點，像是春天乍來時，那缺少耐性的小雛菊，而趁人們偶爾不注意之頃，剎時開遍了山麓，只見一片光點在閃耀。每一個光點都說明了一個幸福的家，我們遂也動了歸歟之念，想趕快走回去點亮我們那小樓屋的燈盞了。」

勝利後還鄉，等到孩子們都會走路了，我又想帶著他們去散步，但是，那時他們還太幼小，腿子短，腳板又小，蹣蹣跚跚，幾乎三步一顛，五步一躓，這散步只好「中輟」了，及至他們長大一些，卻又是走起來幾乎是飛躍式的，反而輪到他們嗔怪邊走邊欣賞風景的媽媽走得太慢了。

最近自城市中遷到市郊，樓屋前面有寬敞的庭院，有一片碧綠如絨的草坪，我原可以在院中散步了，只是，卻難得找出較長時間的空暇來了。

我始終認為散步在人生的途程中是必要的，我們在散步的時候，可以默默的觀察，靜靜的思維，對宇宙、對外物、對自己可以省察、體會、領悟得更深。有一位英國人曾寫過一本書，題目是「道旁的智慧」，只有心靈時時踱步於人生路旁的小徑上，才可以掇拾蘊積豐富的人生智慧。

思鄉的季節

——「學生時代回憶」之一章——

秋天，思鄉的季節，空氣裡似乎又浮漾起新熟的棗子的香味，老去的蓮蓬的香味，和那些微澀的小小海棠果的青色氣息，我又想起了那幾句詩：

枝柯似不勝負荷，
乃卸它的重載於喜鵲的喙內。

秋天到來，學校後面一泓流水似乎更亮也更涼——澄澈得有如山鵲的眼睛。我還記得臨水而築的那座小樓，一排樓窗終日垂著竹簾，那疏疏的簾子，使人聯想到暮春江南的長腳雨。自那縫隙處，漏進滿室的晚蟬。樓前懸著一方字跡模糊的匾額「集賢堂」。聽說此地是清末民初文士名流雅敘、宴飲之所。

坐在樓頭，隔著闌干下望，顫動著陽光亮片的鬱鬱濃蔭裡，坐著賣舊書的老人，他揮動著蒲扇，低聲的唱著唸著：

「買一本吧，才幾毛錢！」在他揮扇之際，隱約可以看到上面以黑煙燻出的幾個大字「倚樹，聽泉」。那些書可能是他個人收藏的心愛典籍，那些篇頁中可能蘊藏著一個感人的故事。

在那書攤前，我們常常會遇到教我們歷代文選的教授，一位落魄的舊日王孫，他一臉的皺紋，同瘖啞的聲音，乃是對古典文學部分詞句最精當的解釋，我們原來以為他是來買書的，後來才知道他是來賣書的。——這個小故事，反映出故都陷於日本軍閥手中時，一般人的生活。

前幾天無意中看到郁達夫的一本書，這位於勝利前夕，犧牲於日兵之手的名作家，曾有一篇文章，提到一年夏天，他和妻兒曾在「集賢堂」附近賃屋而居，那大概是抗戰前他執教於北大時的事了，他曾有一張字畫，以蕭疏的筆墨寫出「門外曉風開白蓮」清絕妙句，不知是不是看了那水上的菡萏寫成的？

荷池

讀書的時候，由於昔日遜清帝王家的「三海」之一改為的北海公園，離學校甚近，我曾悄悄的在心上將之闢為「第二校園」，走過學校後門的石橋（三座橋），穿過了什剎海（名為海，實際上是一方小湖）的堤岸，就是北海的後門了，才一走進去，眼瞳即嵌滿了荷池的碧色，不由己的進入詩境。

晴美的秋光裡，游離著若有若無的一絲芳馨，如同一支流浪者的夜歌。硃砂色的水蜻蜓，是一個最勤奮的讀者，牠不停的為秋光的十四行詩圈圈點點。

沿著荷池走過去，是一座小山，遍植銀色蛇似的白皮松，松林裡是一座不太大的四合院，院門上是幾個字：「松坡圖書館」——紀念蔡松坡將軍而創立的，詩人徐志摩的藏書聽說全部捐獻給這個圖書館了。

那裡全然不像個圖書館，但卻是多麼可愛的一個理想的「讀書堂」——四合院的建築，令人感到了家的親切——房簷低低的，被包圍在簌簌的松風裡，一些古老的長長的木桌，就擺在那映著松影的紙窗下，窗子格眼方方小小的，偶爾會吹進一枚乾透了的松果來，不必看書，這就是絕妙詩文了。此情此景，不由的令人憶起徐志摩的佳句：

我想攀附月色
　化作一陣清風
吹下一針新碧
　落在你的窗前

輕柔如同嘆息
不驚你安眠。

我們要借閱的書，是由一位——也是這圖書館中僅有的一位年邁的館員送來，當他拿著書，走近我們的座位邊，我們突然聽到一陣代表盛夏的「繁華」與「熱鬧」的蟈蟈聲，急響促節，有如一陣疾管繁弦。書放下後，年老館員走開了，蟈蟈聲也漸漸的低抑了……。這個老館員，可能因為館中的歲月太寂寞——整天來閱書的人不過十來個，遂將一個高粱稈編的圓圓的蟈蟈葫蘆帶在腰間，掩在他的長衫衣襟裡，他這支別開生面的小小管弦樂隊，以及它那單調的樂曲——咪咪咪…，咪索咪索…，每使當時我們這些年輕的讀者忍不住笑出聲來，那道貌岸然的館員，立刻用一聲的乾咳，來鎮壓我們形成的「紊亂秩序」，但那時刻他的頭總是低低的俯在借書的枱櫃上，我們想他自己也是在悄悄的微笑——多可愛的老人！在另外一些篇章中，我也曾描寫過他——整天坐在圖書館中的好學之士很多，但誰又曾像當年的我們，在那紙窗之下，松風之中，在那樣神妙的樂隊悠揚聲中，尋章摘句？

在松坡圖書館中，我借閱最久的是《金銀島》的作者司蒂文生(Stevenson)作的一本《寫作的藝術》，但是我再三誦讀的不是此書本文，而是詩人徐志摩在書頁上細字的眉批，(這本書當然是詩人生前的藏書，殆無疑義。)我仔細的揣摩著、品味著其中的一字一句，我仔細的欣賞著那些字跡的一勾一勒，藉以想像出兩顆智慧的心靈——一顆屬於作者，一顆屬於讀者——在紙上相遇時，迸放出來的是多麼璀燦、煊亮的火花。最巧的是二人都是寫詩及散文，更寫小說，不同的是我們的詩哲徐志摩的詩及散文並擅勝場，小說也寫得不錯，但產量較少；而司蒂文生則是以小說著名，散文較小說遜色，而詩則不如其散文。

在那淪陷於日軍之手的古城中讀書，每個青年的精神都是異常苦悶的，且往往有窒息之感，偶爾在圖書館中還可以看到一些有文藝價值的書，作為心靈的方舟，但是一些發揚民族正氣，鼓舞國族精神的書，則難以看到，甚至一些印有我們青天白日國旗的書都被銷燬了。有一天我曾在日記上寫著：

「日暮胡騎塵滿城」——可以想見當時悲憤的心情。那頁日記所記載的期日，正是我奔赴重慶的前六個月另兩天。

海棠花

我在一篇短文中曾說過：「我之愛花，僅次於我之愛孩童。」花與孩童是造物主用以裝飾、生動化這世界的兩項傑作，我真想像不出，一個不愛花又不愛孩童的人的心靈，會荒寒貧瘠到什麼地步。

在眾香國裡，我對那色彩澹澹，香息若有若無的海棠，有一份特殊的感情。

童年時，住在北方一座大城裡，舊曆年前，總是灰濛濛的欲雪天氣。這樣的時季中，父親常常買來一盆盆的海棠，擺放在書架的上層，以及院中磚砌的花壇上。

那是一種草本的海棠，闊大如掌的葉子上，擎托著小小的花苞，樣

子像圓圓的鈕釦，又像纖手的指甲，泛著淺淡的緋色，那色彩，看來恰像是浸在水中的花斑卵石，極度的溫潤晶明，那是一種極富於生命的顏色。

我最喜歡凝望那些生長著海棠的盆缽，有瓷的，也有陶土的，後一種盆子的外面，往往鋪著薄薄的一層綠絨似的蒼苔，那色調使人鎮靜，使人沉思，襯托著海棠的葉花，有一種對比的效果。

在陽光下，海棠悄悄的生長著，每在人不知不覺之間，花蕾綻放了，四片花瓣，邊緣有一絲淺絳，極似當年祖母晾晒庭前的嫁時衣裳上面鑲著的一道道細細花邊。

幼年時，春寒料峭中，黃昏自學校回來，總愛伸出一根根凍得紅蘿蔔似的小拇指，一邊呵著氣，一邊和才展放的海棠花比著顏色的深淺。那平凡的花朵，素朴、鮮活，是我童年的小花。

記得那種海棠花好像長得不太高，盆中的土壤也並不太多，它卻努力的盡著它的本分，花朵依次開上了枝間，在寒冷的初春，擔任著裝點大地的一個小小腳色。

每逢我在誰家的窗檻、庭前看到那顫顫巍巍的可愛的小花，我就憶起了那充滿了海棠花影的童年。

也許，海棠花和我格外有緣，在我讀書的時候，它又出現在我的生活裡，並且，一直陪伴了我四年。

在我學生時代的一頁日記中，我曾寫了這樣的幾行：

「那一株相當古老的海棠樹，正好植在我寢室的窗前，它的枝椏伸展開來，蔭影幾乎遮覆了小半個庭院，開花的時候，我可以自任何一朵花或一堆花裡，看到大自然的得意笑容。樹頂倘流照上日光或月華時，就更燦爛得不可逼視，彷彿幾千枝蠟燭，都同時搖曳著神秘的光燄。『一切的美都使人痴呆，』這句話正好用來形容一些凝望著繁花發怔的女孩子們。」

記得春天到來，那株海棠得訊最早，而到了初夏，花開得那般繁密，如同一頂冠冕，在枝柯間，蜂兒營營終日，陽光更釀就了一缸中人欲醉的紹興酒，將澄黃的酒汁，灑潑在地上。花下、甬道上，更是一片喧嘩的笑語，幢幢的人影與樹影重疊，——返校節到了，那節日，正是那所教會大學的女子學院最熱鬧的日子。

那日子在我的記憶裡烘托出一片光暈，——那激濺著笑語與歌聲，代表著青春與歡笑的日子，如今已是多麼的迢遠，多麼的迢遠！

傍晚，人都散去，海棠樹下是一片寂寞，落瓣如雪，積在樹下，上面每吹起一陣又一陣花環似的小旋風，打掃我們宿舍的李嫂，這時常拿了一把竹枝掃把來，想掃除落花。

樓上樓下的窗子開處，探出更多的頭來，齊聲在為落花向她呼求：

「好李嫂，不要掃啊，不要掃啊！」

「不掃，不掃，等修女責怪下來，我就說你們不讓我掃！」李嫂知趣的掮起了那把竹枝掃把，提起那把銀亮的鋁製噴壺走了。接著又是一陣風來，將花片吹落滿院，花瓣在樹下的細草上飄轉著，好像是莎士比亞《仲夏夜之夢》中的小精靈，這更使我明白：為什麼鍾嶸在《詩品》

中用「落花依草」形容文章的韻致。

在海棠花影中，我度過了童年和讀書時代，那可愛的花朵成了我生活中的一部分。

今年過春節前，在一家商場的門前，我又看到那淺緋色的海棠和水仙雜陳在那裡，我凝視久久，不忍遽離，當時與我同行的是學生海華，敏慧的她看出了我是多麼的愛這種花，幾次悄悄的鼓勵我說：

「買下來吧！」

但是我怕它引起我甜蜜而感傷的舊夢，摩挲那盆缽邊沿同枝葉好一會兒，終於硬著心腸，不顧而去。

前天又在一個友人家的走廊前，看到了海棠花，那是一種高大的木本海棠，扁扁的淺色花苞，含蘊著一個濃縮的春天，枝葉披拂的迎風而立，在那搖曳中顯示出它柔弱中的堅韌。幾個同去的友人在那裡欣賞著、讚美著，更有一位友人，要求主人剪下一枝，移植到她自己的小園裡。

但我一直佇立在她們身邊默無一語，終於，在那笑語聲中，我匆遽的奪門而出，跟蹌下樓。

女主人——那位細心而體貼的舊日窗友，以為我有什麼不快，也緊跟著我走了下來：「怎麼啦？」

「沒有什麼。」我又看到滿地的陽光，濃釅如酒，我又似聞到了童年花朵的淡淡香息。

憶舊遊

自美返國已將三年，雖然我只在那國度裡停留了半年多，但那裡有許多事物給我留下鮮明的印象。

我一度卜居在新澤西州挨近紐約的一個僻靜的角落，一橋之隔，分開了兩個州，也分開了幽靜與繁華。我仍記得有時自紐約市，搭過橋的公共汽車回住處，那燈光輝煌的候車站，人影幢幢，車嘶人語，但仍有幾隻遲眠的鴿子在人的腳邊散步，昂首挺胸，真個是旁若無人，也不知道牠們是自哪裡飛來的，也不知道等一下牠們飛往何處，我凝望著牠們，那圓圓的亮亮的烏黑眸子，對這號稱為萬物之靈的人類，根本不屑一顧。

登上車，看著那建築奇偉的橋樑上，結實而厚重的橋欄，一根一根

的向車後移去，那些含著淺紫淡綠意味的橋燈，看來竟像是情緒的象徵呢。

回到住處已是夜色朦朧，高高的樹梢遮住了樓窗，只在葉隙裡透露出幾點零碎的燈光，像是水中游魚的鱗片。美國的公寓建築，為了不使住戶受到西曬或東曬之苦，環著整個的建築種樹，每家都沾得綠意，都分得清蔭，所以屋子雖高四五層，但種的那種樅樹似的筆直亭高的樹，與屋相齊，將一把把以密葉織成的油碧的傘支在窗外。

散步，在那裡是一大享受，白天可以看花，晚上看燈，初次到了那裡，頓覺眼前一亮，因為到處是鮮明而配和得諧調的色彩。自然，其間也有沉鬱的顏色，但那種「沉鬱」引人深思，卻並不會挑起悲抑的情緒。即使走到較荒冷的地區，偶而抬起頭來，看到蓊然的樹木間，閃閃躲躲的有幾棟建築，淺色的屋頂，白色的門窗，顯得是那樣的別緻而典雅，使人想到童話中與神話中的世界。

一個加油站上臨風徐轉的玻璃招牌，所用的只是司空見慣的紅、綠、黃三種顏色，而每二色中間，隔以雪白的顏色，再以嵌在中間的燈盞映照，明艷而輕快，使人喜悅，成為街景之一。又如擎在林木間的一面房屋出租的廣告牌，上面塗的是深棕與淺綠，而用白色加以襯托，給人一種穩定、安謐、舒適的感覺，忍不住要對廣告牌上的地址與租金價目多瞄上幾眼，更記得在一叢樹木裡，有一面上寫著 No Dumping 的牌子，一塊再平凡不過的牌子，而上面髹以照眼欲流、閃著霜雪的亮銀白漆，一點也不會引人不快，或者對不潔垃圾的聯想。色彩的運用，完全根據生理上視覺及心理學上感覺的原則，所以處處產生美的效果。

每天晚上，我總懷著童年過上元節時花市看燈的心情，欣賞著街頭巷尾，一盞盞頗具藝術匠心的「人造星光」。

一日天將傍晚，沿著華盛頓橋走過，橋邊的燈有的作淺紫、紺碧，微光在夕陽中閃爍，依附在弧線婉變的燈桿上，俯瞰流水，狀態之瀟灑，使人想到「獨立蒼茫自尋詩」的三閭大夫，而燈光與燃燒天半的晚雲和水霧微起的波面輝映，美得使人顫慄，更使我想到舊詩中「橋上橋下燈」

的名句。

那兒的公園裡常常看到一種小木屋式的燈，以黝黑的銅罩作燈傘，燈盞的玻璃是一種極淺的水藍色，我戲呼之為記憶的顏色，那是「勿忘我」花朵的顏色，那也是朝顏花的顏色，在那幽靜的，散佈著燈影的角落徘徊，心靈的腳步不知不覺地會走向回憶，這一種藍色的燈光，對人有一種說不出的魅力，我稱之為神秘的燈，小木屋狀的燈，住在那小屋裡的可是過去的歲月嗎？

在那裡我也常常瀏覽櫥窗，不是為了選擇商品，而是為了美的享受，心靈的飽飫，每個櫥窗都佈置得像一幅畫，平衡、對稱、構圖新穎，色彩與形象，總使你有如臨奇境，如歸故鄉的感覺，使你覺得那般的陌生，那般奇妙，卻又有一種似曾相識的感覺，這無非是色調與線條極富創意罷了，但卻使你賞心悅目，對精神有一種慰撫的作用，工藝美術的發達，雖未能說已臻極致，但已是相距不遠了。

那時正逢秋天，最美的該是那些樹葉了，坐在車子裡，車窗外往往忽的湧來一大片滾滾的黃雲，那不是雲，是秋樹的「服裝展覽」，在巴士站小憩，迎面是自然界正在拋售金飾——比人工的美多了，那深黃、亮黃，微帶棕意的金色，因了樹樹枝葉的密集，更是那麼富麗絢爛得使人目不暇接，我後來才明白，這美景是人工與天工的合作，種植樹木者，當初將葉子同一色調而深淺各有不同的多種樹木，種植在一起，秋天一到，色彩就如印花布似的展示於天宇之下。

那片秋葉，使我又聯想到我初至時看到的春花。——那時正是暮春，母親節後一日，康乃馨開得正盛，在一個由一個十來歲孩童看守的花攤上，我看到最鮮麗的色彩的大拼盤——淺粉，嬰兒藍，暮春的鵝黃，同櫻桃顆一般的緋色，那些美的印象，至此存留在我的記憶裡，——尤其是那些康乃馨，這每使我憶起了桂冠詩人華茲華斯的詩句：

時常，我靜臥榻上，
一無所思或耽於冥想

水仙花兒閃現於我內在的靈眼之中
那乃是幽獨的人兒享到的清福；
我心遂充滿了歡愉之情
和水仙花兒一同舞動。
天上有星光，
地上有花朵，
造物使人們住在中間。
如果我們喜歡抬頭數星點，
低頭欣賞花朵，
我們就不會成為個庸俗的人。

北窗書簡

外面落著細雨，由那濂纖的長腳雨，我聯想到故園的柳枝，更回想起母校門外石橋邊，那家小麵館門口招牌上的流蘇，心靈遂開始在往日踱步。

自那日文藝協會年會時於中山堂握別，女詩人，我們已年餘未見了，耳邊卻似常常響起你那作金屬聲的笑，更想起你那白磁般潤明的面頰。更有你的詩句，也常常映現在我的眼前，燦爛有如月光。

我們住得相距並不遠，只是，你要照顧你那兩個幼兒（聽說他們知道了向池水中的白玉碗大喊：「呵，睡蓮！」多麼可愛的孩子），而我，終日為了教書、家事忙碌，好久以來，形成了「隔絕」，但我不相信念載

的友情會掩埋於時間的積塵之下。想你記得我以前在《北窗下》一書中，寫過的類似散文詩的幾行：

「打開抽屜拿出一張箋紙來吧，只消寫上幾行就夠了。真實原是最感人的，固無需過分的渲染、修飾。

披上你那件秋香色的風雨衣，登上友人的小書樓吧，不要耽心友情的門扉已上了鎖，以純真的友情鑄造一把金鑰匙吧！」

也許因為想起了這幾行，我今天就先抽出了箋紙，並準備將之填滿。

你一定想知道我生活的近況，因為忙碌，好久未曾讀詩，每覺心上塵生，前幾天又開始重讀陶詩。學生時代我愛讀李白，為了他那不羈的想像力與騰躍瀟灑的筆姿，後來我又喜讀黃遵憲與吳芳吉，一部《人境廬詩草》，一部《白屋吳生詩稿》，成了我不可須臾離的書伴，他們的詩才同樣的渾渾若川，浩然之氣，不可方物。兼能溶匯新舊，自鑄偉詞。而近年來我更喜歡讀陶詩了，昔日覺得其乏味，如今反覺醰醰有味，因其中含蘊的深刻哲理，表現的靜觀、思維的態度，在生活的體驗印證下，已稍能理解。他的詩句簡淨而蘊藏豐富，以詩中的哲理，表現出他一腔的雅正平和之氣，在一篇文章中，我曾談到過他詠雪的句子：

傾耳無希聲，
在目皓已潔。

這哪裡是在詠雪，分明是詩人純淨心地的素描。胸次充溢正氣，且富於正義感的忠貞之士，筆端才會有這樣優美的詩句。所以，有的批評家說，在他這兩句詩中，每個字已成為一種流質，溶溶漾漾，形成了正氣的「氣流」。

也有些批評家說他的四言詩比不上他的五言詩，但這可能是一種偏頗的說法，如他的四言詩中的句子：

花藥分列，

林竹翳如。

這是何等的佳妙，詩句中展現的是大自然的一隅，而也是作者心靈中的佈景，是多麼的整齊美麗，秩然有序，馥郁芬芳，乃是作者志慮忠純，心性正直的最好說明書。

由我國這位熱愛田園的大詩人，我更聯想起法國里修地方的德瑞思，她天賦極高，善以文字作畫，她的一些即興之作——山水花鳥小幅，偶加渲染，自成高格，而她的筆下，也有氣勢雄渾，設色鮮明的青碧山水，我始終認為她寫的雖是外界景色，而實際上也是她那崇高優美心靈的複現，這樣一位人品高潔，才德兼備的女子，以二十四歲的年紀，竟被教會推為聖女，豈是偶然？我曾試譯過她的一本自敘傳《回憶錄》，其中有些段落，我永難忘記，今為你寫在下面：「羅馬是我們的目的地，在前往的路上，有許多奇妙的景色引人入勝，瑞士的山巔，皆縹緲於雲際，有優美如畫的流泉山瀑。幽谷中的鳳尾棕是如此的亭高，石南紅成一片。

自然之美的畫面是這般的豪華富麗，使我感動深深。造物主在我們這世界上，不惜筆墨，作了這樣的傑作巨構，大塊文章。我靠近車門而立，大張著眼睛，屏止了呼吸巴望著，我真恨不得同時能看到路兩邊的風光。但當我轉頭向另一邊望去，景物是如此的殊異，一會兒我們到了山邊，下臨崖谷，望下去是如此的幽深。不多時，我們又經過一個景色悅目的村落，其中的教堂同山莊的頂樓，皆籠罩在皎白如雪的輕柔雲影的華蓋之下，傍晚寬廣湖面的靜靜水上，反映出藍空夕照，美麗得宛如仙境，在遠遠的地平線上，我們可以看到高山峻嶺，不過輪廓線朦朧莫辨，而當那雪覆的頂巔閃爍於夕陽之下時，則璀燦奇麗得不可逼視了。」

德瑞思的這一段瑰麗的文字，和陶淵明簡淨優美的詩句，同是圖繪自然之美，體裁不同，文字有異，著墨有多寡之分，但實際上都充滿了清醇雅正之氣，因其作者各以其澄澈的心地，反映大自然畫面最美麗的部分，惟其內心存在著美，所以才能在天地之間發現了美。

西洋的文藝作家，每喜歡稱大自然為慈母，而以大地為慈母的衣裳邊緣，我國的藝術家則主張師法造化，而以大自然為師，稱大自然為師也好，為母也好，我們總是能自瑰麗的大自然中，領略到宇宙的創作精神，而獲得「自強」，「不息」的寶貴啟示。記得英國的桂冠詩人華茲華斯曾經在紙上發出了這樣的聲音：「站到太陽下來，讓大自然做你的老師。」

他的這種心聲，可以說與我們的藝術家不謀而合，可見世界上卓越的詩人、藝術家是人同此心而心同此理的。

我的新居，比較偏遠，空氣裡有一種郊野的清新。窗外的溪邊終日泊著挖石子的船，溪邊的大石巉巉，我曾戲呼之為「采石磯」，石子船常是在工作著，那單調的聲音聽久了也變成了音樂。因為山與水給予它一種詩的節奏。寫字枱的玻璃版下，是我自雜誌上剪下來的陸放翁的手蹟複印：「詩境」，以及我錄自古籍的兩句：

王維詩意，

山前竹樹。

每天清晨我起來，一片金色的陽光，已在牆頭閃爍，逐漸延展成為大地的披肩，幾隻小鳥在草地上自在的啁啾。這些大自然的小歌手，又開始練習牠們的聲樂了，不知誰為牠們填寫的曲譜。

昨天出去買了幾本書，堆疊在桌邊，形成了一個智慧的小山峰。很久以來因為書冊盈箱溢篋，我不敢再多購置，省下了買書的錢，卻減少了生活中一部分樂趣。在古城讀書時，我喜歡在課餘之暇，在一傘的日影下或雨聲中，漫步街頭，巡迴琉璃廠的書攤，這快樂一直逗留在我的心頭。前些日子，有位從國外回來的友人說，寶島上的書，是全世界定價最低廉的，而大部分內容與印刷堪稱上乘，我們讀書人有福了。昨天我即以一百零五元的臺幣，買來了十二本八成新的文藝書冊，其中有詩，有散文，有翻譯，有文學史，你不相信嗎？哪一天我可以拿給你看。一本《中國歷代大文豪》還是插圖本，其中印有吹笛的溫庭筠，執杯的李太白，撫琴的陶靖節，長吟的李長吉等人的繡像呢。

這幾天才校過了《西洋藝術史綱》的第十冊的大樣——「羅曼尼斯克藝術」，過幾天再擬整理兩本文集，更想再寫一本小說，反映國內欣欣向榮的氣象，我擬以數年的時間來寫它，集中心力來寫，希望篇頁中留下一點時代的影子，這也是我這個浪費了許多紙張的作者，一點點「悔其少作」的表示吧，一笑，祝福。

生活漫筆

蔥頭的故事

前些天我買了幾枚洋蔥頭，回來後就將它們擺在冰箱裡，因最近為生活節目過於緊湊，我也就忘了取出那幾枚蔥頭來燒菜。

今晨較閒，想收拾一下冰箱，打開裝菜的部分，突然一陣淺黃的光輝照眼，原來是那幾枚蔥頭，悄悄的抽長了寸許的嫩黃葉子！我感到一陣喜悅，又覺得有幾分慚愧，鮮美的蔥葉分明向我說：

「懶惰的主婦兼廚娘，在你忙著酬酢、逛街、看書、弄筆硯的時候，我的強韌的生命力，卻突破了冰箱的寒冷，抽發出來了，看我們吧，這

幾片新鮮的葉子，表現出一片活活潑潑的生機！」——不知怎的，我感到無比的興奮，更突然聯想到那一批批衝破黑暗鐵幕的自由鬥士。

自然與藝術

我曾經聽到一位畫家說：他有一天在紙上畫了許多才浮出水面的圓圓小荷葉，後來，因為臨時有事，匆匆外出，未來得及把這張尚未完成的傑作收放好。等他自外面回來，看到每片小圓荷葉上，都被畫上了眉毛、鼻子同眼睛，——那是他的六歲的小兒子的傑作——那孩子把一張張新出水的小荷葉，看作是一張張可愛的圓面孔，就在上面添了幾筆，孩子認為很得意，但是無意中把他父親的一幅未完成的畫幅破壞了。

在我的桌子上，瓶中插有一束紫紅色絨布的鬱金香。有一天，一個女孩來訪，她把那鬱金香緊緊捧著的花瓣，都一一擘開，使其瓣瓣平伸，如同西番蓮的模樣。她一邊捻著花瓣，一邊笑著說：

「這樣才好看，這樣才好看。」——鬱金香由於她纖手的擘扯，呈現出睡蓮的模樣，已失去了它獨特的美。

這兩則發生於實際生活中的小故事，在性質上是相同的：那位畫家同製作那「人造花」的人，意在模仿自然，而那畫家的小兒子同我來的那位訪客，卻將之加以改造。

紡織娘與蒲公英

我很喜歡蟋蟀、紡織娘、叫蟈蟈……這一類的秋蟲，以及那漫山遍野，自己開了又落了的蒲公英、龍膽花……等等的小野花。——我喜歡它們，大概和童年有關，六歲以前的光陰，我都是在北方的鄉村度過，那時，我常常跟著老傭婦到野外去挖鮮蘆根，撲蝴蝶，捉青蛙，而那會飛的，帶茸毛的蒲公英落蕊，更是我童年時的愛寵。

自從居住到大都市以後，就很少聽到秋蟲，看到野花了。去年當我初搬到這市郊以後，窗外草叢，還偶爾傳來：「豆，來來，豆，來米，米米米……」——秋蟲們的疾管繁弦的演奏。而如今，因為這裡漸漸繁華，高樓同座車越來越多了，秋蟲也不知去向了，我們——這裡的住戶們遂有了一個寂寞的秋天，而那些為大地作簪環等小飾物的野花，也不知何處去尋覓它們的蹤跡了，遂使我這酷愛大自然的人，茫然的有失落之感——失落的這些，在一些人也許以為是渺不足道的，但在我卻覺得其價值是無限的，小野花是我的鑽石，秋蟲是我的全套的「音響」。

守著窗兒

從前讀李清照的詞，至「守著窗兒獨自怎生得黑」，總覺得女詞人未免太善感了，由黃昏至夜晚，只不過是短短的一段時間，何必去嘆息「怎生得黑」呢？

最近這幾天患了重感冒，一個人有時獨坐窗前。原本就是陰沉沉的天氣，黃昏一步步的走近，在人的注意與不注意之間。看著窗外越來越模糊的枝枝葉葉，乃知道黃昏是一寸寸的來，緩緩的，徐徐的，將世界浸潤在越來越黝暗的湖水之中，使人分不清楚黃昏與夜晚的界限。

鄰居人家這兩天因為多雨，濕寒過重，窗戶都關閉著，窗帷多半都垂了下來，很少看到窗內的人影，聽到笑聲低語。忽的一家的燈兒亮了，這是一個信號吧，我知道夜色已走進屋子裡了。黃昏也趁著燈火的微芒，悄然遁走了。

巷中人家的燈，也如草原上的小雛菊，先是一朵、兩朵的黃了，後來不知怎樣一來，遠遠近近開遍了夜的原野。我知道深藍色的夜當真來了，我更知道，一個燦爛的黎明，蘊育其中。

島上山村，黎明是來得很早的，明朝我又要和每天一樣，和那開得最早的院中的小玫瑰互道晨安。

迎接黎明

這是我遠遊歸來的第二天。
天猶未亮，我披衣起來，打開窗子，迎接黎明的第一股晨風。

呵，你清晨的藍風，
吹拂過花朵；
我細心的將你諦聽，
早晨的第一個聲音。

是哪一位詩人呢，又透過了詩頁，向我吟誦了，啊！我想起來了，

是法國那個寫〈地糧〉的紀德。在我讀書的時候，他的祖國正受著敵人的侵擾，一日我在一位女教授——修女的桌上，看到了一張舊報紙，透過了紙背，我聽到這位愛國詩人的昂揚呼聲：

「以筆桿代鋒鏑，捍衛祖國。」

他的話指示給我們——當時日軍侵佔區的一些大學生，書生報國的正途，也堅定了我們後來奔赴自由祖國心臟——重慶的決心。他的聲音，至今在我的耳邊依然嘹亮。雖然是譯文，而那內在的節響仍是感人的：

我細心的將你諦聽，
早晨的第一個聲音！

什麼是早晨的第一個聲音呢？——它是發自最清醒的心靈吧，它是向了光明的歌讚吧。

我走到院中，那新刈剪過的小片草坪，根株部分顯示出梵谷油畫中的筆觸，宛如收割後的田野。院角那株桂樹，是一枝沉默的青玉，枝頭閃爍的細黃花蕊，分明是昨夕的星辰。一隻亮亮的蝸牛，背著牠的小屋子在草地上漫遊，是一位從容不迫的旅人。遠處教堂的鐘聲才響動，早晨仍是如此的年輕，到處是一片透明的碧色，到處是喜悅，是生機，亮藍的天空是一個美麗的預言，預言著一個晴好的日子。

我回到屋中，擦拭過桌椅，也拂去了衣箱上的遠方塵沙，這時，朝陽才把晨報自大開的窗口投了進來——多麼光輝燦爛的一張，我讀著它，一切在它的描述中變得更清晰，更可愛了。

然後，我到廚房去煮茶，一位親戚昨天才送來的寶島上最芳香的新茶。我站在窗口的日影裡進早餐，黃澄澄的茶杯中，有巷底的山巒，浮漾桂花的香息，(配合著自己烤的小餅，) 好可口的早茶！

電話鈴在響，是一個友人打來的。

「你起得這麼早……，吃過早餐沒有？」她關切的問著。

「我正在吃，……這頓早餐我預備仔細的、慢慢的享受，吃一段較長的時間……。」

「哦？」她在電話中似感到些許的驚訝。她怎會想像得出，我這個出遊幾個月，昨天才回到家的遊子，正在以小小的庭院為餐桌，享受著自己的土地上才有的甘洌茶水，何況，我還可以自茶杯邊緣小口的啜飲著如詩如畫的山光雲影，這一頓豐美的早餐之後，我將有足夠的精力來處理一切的瑣務，並做好我自己份內的工作。

早餐後，我坐在桌邊，桌上，那枚被我稱為海之女神的耳飾的大蚌殼，又在我的耳畔迴響起海上舟子的老歌。旁邊是文友們在我抵家前幾日送來的槲寄生盆景，書冊，食品，上面還斜插著一張精美的卡片，分明是艾雯的手筆：

「歡迎你遊罷回家！」幾個字像小火燄般，帶著無限的熾熱。

我又看到了我那整個房子的那顆小小的心——那個白色的時辰鐘，它的規律的響聲，形成了我自己這個小型宇宙的脈搏，也代表著生命的律動與節奏。它聽來又是那樣的熟悉，有時像一陣細碎的腳步，又像是一陣輕柔的細語。

「我回來了。」

我自己又悄悄的低語，向著四壁，以及壁上的影子。

幾個月的道途馳騁，機、舟遞換，記憶中仍起伏著異國的山川，但那古代文人的聲音，是如此的悠揚：

雖信美而非吾土兮，
曾何足以少留。

桌上是一疊疊的來信，真抱歉，塵封已經多時！其中一部分是來自青年讀者，更有些是來自一些可愛的女孩。看那些細心摺疊的箋紙，其中還夾有乾縮了的花瓣葉片，色彩未褪，香息仍在。其中有傾訴，有詢問，有企盼，有的更附著回郵的信封……，摩挲著，閱讀著，我的眼睛濕潤了，我的手在顫抖，是怎樣的一種無心的失誤，一種無意的罪過，當一些年輕而熱情的孩子們，以溫熱的手來叩敲這個作者的門扉時，他們希望的是對人生、情感上的困惑，得到一些解答，得到一點勸勉或鼓勵，但是卻闃然無聲，寂寞無人！他們又怎會想到，我那時正在異國的天空下，終日徘徊在一些圖書館、博物館、美術畫廊裡，希望自一些紙片上，與剝落的瓶缽裡，得到一些智慧的啟示，以期有一日能夠有幸做一個靈魂的醫生或者護士——當我帶著半空的知識錦囊歸來，而他們已等待過久而失望的離去，……我又如何解釋這愆尤，又如何彌補這過失呢？……希望一封封簡短的遲到的覆信，能帶給他們我的深刻歉意與誠摯的祝福。……我推開了桌上的書卷，展開紙，拿起筆開始寫我的回信，一封、一封……。手酸了，字也潦草不成形了，但是，那又有什麼關係呢，寫吧！一個讀者要自紙上聽到的，是作者心靈的聲音。

等哪一天我把瑣事理好，將回覆的信寫完，我就再回到我的講臺上，將自己一點點淺少的生活與寫作經驗，告訴給另一些孩子們，願他們知道，也能做到，使我那些空洞的言詞，變成可行的立體的知識。

天氣仍然晴朗，等下將有一簾月，將有一個好黃昏，它會帶來一個許諾：一個更美好的明天。

第三輯

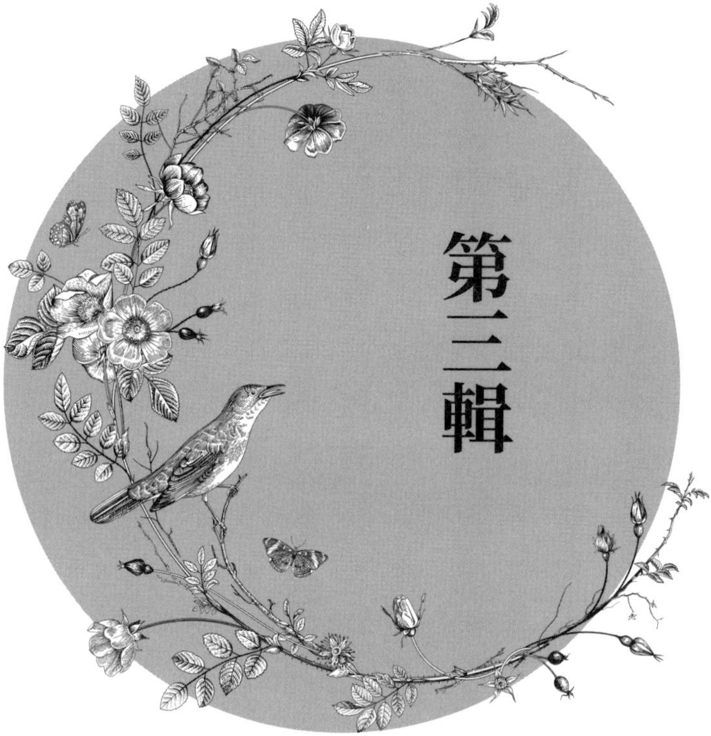

某作家言

日前，見到一位已有一些本著作的作家，她曾和我談到，當年一位文壇前輩在寫作方面給她的指示，我覺得她的部分談話，在我的習作過程中也許用得著，遂將她的這段話，保持原樣，錄在下面：——

我在學生時代，即開始向一些文藝刊物投稿，當時有一家大報的文藝週刊的編輯，囑勉我的一些話，使我受益甚多。

他說，你要努力把文章寫好，句句得創作，語語要創新，一字放鬆不得。切不可倚賴編輯整天為你改正錯字，潤飾句子。我從不擬更無意多改一位青年投稿者的文章，因為那等於把他的靈魂自文章中逐出，而換成我的。何況，那往往還會養成他們在寫作上的依賴心理。

你既然立志要走寫作這條路子，那麼就挺直腰身，默默的努力走下去吧，(寫作的道途中，有玫瑰也有荊棘。) 同時，你最好多以文給人印象，而少以人給人印象。何況我覺得從容應對，非你之所長，是以藏拙為妙。

別忘了文壇是個頗具神秘性的場地，它可以說是無限大，因為你從未發現其中呈過度擁擠現象。它可以容得下你的妙文，更容得下許多執筆桿的朋友的傑作。「一隻燕子造不成春天，一朵花不是花園」。一位愛讀你的文章的讀者，也可能同時欣賞別家的作品。文人相輕，同行相忌的心理絕不可有，因那無損於人，卻有損於己。

別忘了文藝道路無限迢遠，文藝峰巔無比高峻，古今中外在文藝上有成就者大有人在，但任何名家也不能說已攀登文藝極峰。既然已走上文藝這條路，就終生以「學習者」自居吧，文藝上的探求永無止境。

你自己應該注意，少在文章中用「花衫子」、「小辮子」一類的字樣，因為你展紙濡筆的終極目標，是做個世界性的作者，使你代表國族的昂揚心聲，為全人類聽到。

已經有幾位名作家寫信到這週刊編輯部，稱讚你的文章，我不擬告訴你他們的大名及讚詞的原句，但我仍透露出這些話，目的只在鼓勵你。而你現在還是個年輕的中學生，那些過分誇張的讚語，很可能使你頭暈目眩，很可能使你沉醉不醒，以至於忘記了古今中外的文壇上前有古人，後有來者！聰明如你，當然知道：一個作者自我陶醉的結果不外是：

一、寫作難以再有進境，

二、乾脆寫不出來了。

中西文字纏夾問題

前些時候，有好幾位作家、學人，為了中文中引用外國字的問題，在《中副》上各抒卓見，一度形成了很熱鬧的場面。後來我因太忙，這一類的文章未能仔細拜讀，不知道這場爭論有無結論，我覺得這是一件值得研討的事。

記得在我已讀過的文章中，有些作者主張在中文的作品中，不得纏夾外國字；有的則主張如中文中無妥當的翻譯時，則可嵌用外國字。我個人對後一位的說法頗表贊同，只覺得「妥當」二字不見得太「妥當」，如英文中 Inspiration 一字，當初梁啟超先生曾譯為煙思披里純，此一詞煙霧氤氳，文思縹緲，頗近本意，且極繪聲之妙，後來我們譯為靈感，

如今此詞已流行、通用了，但是我們的古籍《文心雕龍》中早已有「靈思」一詞，設若以此譯那個英文字，似較「靈感」更妙，此三種譯法何者為更「妥當」呢？似無法下一定論。

此外，關於中西文字纏夾一事，我更有數點淺見：

一、談到書名時，我們可以附上外國文字，因為如此一來，既可以使有興趣且有閱讀外文能力的讀者，很方便的找到原書來閱讀，同時又可免得因各人所譯書名不統一，而使讀者誤以為不是一本書，如狄更斯的小說名著 *David Copperfield* 近人譯為《大衛考波菲爾》，而民初的林琴南則譯為《塊肉餘生述》；又如近代傳記家寫的一本米凱朗基羅傳 *The Agony and the Ecstasy*，我們的出版界就有《煎熬與狂喜》、《痛苦與狂歡》不同的兩種譯名，在此情形下，如果提到時不加注原來的書名，讀者很可能誤會為兩本不同的書呢，同時，如想找原書來讀，也不易捉摸到原書名，可能造成極大的不方便。

二、除了家傳戶曉的作家大名——如莎士比亞等人以外，在提到一位作家詩人、專家時，我們也最好在文中加註上原名免滋誤會，且可容易去找尋有關此人的資料， 如生在美國的英國詩人兼批評家 T. S. Eliot 有人譯為艾略特，近來又有些學者將之譯為歐立德，如不附原來的英文字，誰又會知道是一個人呢？又如我們在文中偶然提到英國的湖畔詩人華茲華斯，僅憑這四個字，初學者怎能會知道他就是 Wordsworth？

三、譯外文中的妙語、妙字，應加附原文，才能使讀者益能領略其妙處，而發出會心的一笑，如白馬王子在近代的美國話中是 Mr. Right，這不是很妙的一個字嗎，對照來看，益覺奇妙而有趣。

在文字中偶而附上外國文字，有時實有其必要，並非是炫弄或掉洋書袋，因目前精通兩三國文字的朋友已很多，誰也用不著向誰炫弄了。

圖與文

一些報章雜誌，多在文字中配上圖片，如此一來，可以加深讀者的印象，且可以收到趣味的效果，的確是一種很好的安排。

不過在早年的一些出版物上，圖文的安排，卻往往使人有不太調和之感，如明明是一位苦學有成的好學生，或是社會上一位女善士的照片，卻緊緊的挨著旁邊一條駭人聽聞的劫案新聞的標題。看的人「末了」雖會明白，但一眼掠過，未及詳讀時，圖片中的人常常會遭受到「短時期」的誤會，每逢上這樣的情形，我總是轉過視線，向圖片中人多瞄上幾眼，一、為了適才我對他們的誤會表示歉意，二、對他們辛苦得來或仁愛行為獲得的榮譽表示敬意。而如一個人的照片，與毫無關係的一件意外的

不幸新聞相毗鄰，那就往往會使這圖片中人及圖片以外的人，有啼笑皆非之感了。

更有趣的是，才興味盎然的讀完一段精彩的報導，卻見文末一個小小的括弧中嵌了兩個字「見圖」，但舉目四顧只是黑壓壓的一片細字，圖在哪裡？這時，我望著篇末那「見圖」兩個字，不免就會悄然的自己笑著說：圖「不」見！

由上述幾件小事，我們可以見出排版一事相當不簡單，而在一張諸事俱陳的版面上，使文與圖配合、安排得宜，真是談何容易。

但近年來我們報刊上圖文的安排，比往昔顯然是更為進步了，圖片也更為精彩。曾見有一幀小羊與小狗同嬉的照片，小狗以小羊為枕頭，更有一張老祖母背著小孫兒去投下神聖一票的照片，再配上生動美妙的報導，顯得非常有吸引力，使人看了又看，不忍釋手。

「圖文並茂」這句讚語，想係自「情文並茂」一語演變而來，一段有意味的新聞，與圖片配合得宜，這真是一件了不起的藝術工作，如果文好而圖不好，或圖妙而文不佳，形成圖文「並不」茂，或圖文「不並」茂，則未免遺憾了。但在我們時下的出版物中，圖文並茂者居多，前二者的情形，倒是比較少見了。

買書

朋輩中間，書讀得好，書寫得好的為數不少，我卻在書買得多一事上，超過她們。

父親當年曾向我們說，不願為我們置產，而願為我們留下一些好書。在他老人家留下的書籍中，有一部宋版《漢書》，我當時只是一個中學生，對此書的內容並不感興趣，誰知它使我受「益」非淺。

那年考大學，作文題目正巧出自那部古籍。口試時，主考為文字學家沈兼士先生（浙籍、已歿），他問我那作文題出自何書，我連猜帶矇的說：「《漢書》。」聽到我的答語，他立即面色嚴肅的說：「你讀過《漢書》？」我卻輕鬆的老實回答：

「沒仔細讀過，但是『翻』過。」

我的答語是忠實的，我以一個稚齡、膚淺的中學生，對此書的內容實在看不下去，但趁家中曬書的時候，倒是為了好奇的緣故，確確實實的用手「翻」過篇頁。沈先生又另外問了我幾個問題，我都在類似的情況下過關，成績發表，不但榜上有名，口試一項居然得了九十五分，這自然是叨了愛買書的慈父的光了。

自從走入社會，從事文教工作，掙了一些薪水之後，我常想到這些薪水是一些書籍間接為我賺來的，更喜歡買書了，日久天長，買書成癖，也買書成癮。每在報紙上發現好書的廣告，必然會剪下來，偶然有一次「書展」錯過，就會悵惋好幾天。有時到那「密度」過大的書架上抽拿書冊，一不小心一本書溜到架後，「打撈」不易，就再出去買同樣的一本回來，有一本書在這樣的情形下，重買過三次。寶島上出版印刷事業，日益發達，書籍印得越來越精美，而書價是全世界最低廉的。倘下一番抉擇工夫，所費無幾，往往能得到一本好書。十多元可以買到一本王國維的《人間詞話》，以及海明威的《老人與海》，二十元可以買到一本莫泊桑的小說集，美國現代的散文名家塞伯，或者納什的文集，也不會超過三十元。真是有時覺得太「委屈」這些大名家了。

陽光晴好，或細雨霏微的日子，去逛逛書肆，搜購一些名家著作，真覺樂趣無窮，當然，一束花，一包清香松子，幾兩好茶葉，是看書時少不了的點綴，買書的歸途，也不忘添購這些「陪襯品」，如此，回到小書屋，一卷在手，芬芳滿堂，樂趣更覺滿溢了。

有一位年輕的女作家來訪時，曾經問我：「你悶不悶呢？」我望著滿架的書「伴」笑著向她說：「你猜呢？」

去發現好書！

孔子曾經說過：「以貌取人，失之子羽。」意思是說，人們往往只憑形貌而判斷一個人，一個有才學品德的人，往往因形貌不起眼而被人低估。實際上，豈止一個人的內在價值常常會被低估，而一本好書往往也因外表裝訂不講究，書名取得難唸或不能啟發讀者美好的聯想，而遭受冷落，以致瑰麗的內容，被塵埃所封，而末了終為蠹魚所收拾，也許一個卓越的天才作家，因此就永無機會被世人發現，世界上這樣的悲劇每年不知發生多少。

有一天我曾去一家書店，偶爾瀏覽了一下架上書冊，發現其中有一本《華茨華斯及其序曲》，我心裡想，這是寫英國的湖畔詩人 William

Wordsworth的一本書，可惜書名過長，既不能予人美感，又不能予人實感(Sense of reality)，不妨且拿下來，看看內容到底如何，結果才一開卷，我就覺著一股清新之氣撲人眉宇，如同新鮮的湖水般，使我的身心俱澈，文字優美，而義蘊深刻。當初我們用「華茨華斯」這四個字來翻譯這位詩人的姓氏，不知是出於哪一位譯家的手筆，讀來既不與原字同音，且使人有芒刺在背之感，惟沿用既久，也就無人改正，而整個的書名中又含了多少個注音字母中的「ㄧ」！唸起來唇齒如同鋸琴，是這般繞嘴，看起來又是那樣刺人，所以這本好書，始終在讀書界未得到其應得的地位，悲夫！

我們的書店裡、書攤上，還有好多本書，因為裝訂不佳，書名繞口，作者的姓名不常見，廣告做得不夠，而不為人所知，但其內容，往往是非常精湛、豐富，味道醇厚的。

世有伯樂，然後有千里馬；馬如此，人如此，書籍亦復如此，世界上多有幾個肯到書中去探險的安那托．法郎士，含蘊在一些書中的奇珍異琛才會閃出奇光。我們讚美《書評書目》此一刊物所做的貢獻，我們需要更多的批評家！

不是孤獨、寂寞的

前些天有位讀者問我說：「有人說作家大半是孤獨寂寞的，你覺得呢？」

她問得很好，一些作家在作品中，往往流露出寂寞的情懷，孤獨的況味，如蘇東坡：「唯見幽人獨來往，飄緲孤鴻影」，秦少游：「天涯舊恨，獨自淒涼人不問」，以及英國的華茲華斯：「我獨自漫遊，如一片孤雲」，……這不過只是偶爾拈來的幾個例證而已，多少佳文妙詩，其中多的是孤寂的詠嘆，所以，使讀者有一種感覺——作家大半是孤獨寂寞的，實際上，並非完全如此。不錯，作家在現實的生活中，往往願意孤獨，製造寂寞，因為，只有在孤獨、寂寞的時候，他才可以摒除萬慮，神思

凝定，將他內心的感觸，靈魂的微語，以美妙的手法忠實的記錄下來，呈獻給讀者們，而這寂寞孤獨的時光，也只是指的他靜靜構思，展紙濡筆之頃。

一個作家，如果他是一個不平凡的作家，不應以咀嚼孤寂的況味為滿足。他寫作的出發點如果是基於對國族、對人類的大愛，他寫作的動機如果是提高人類生活的境界，他應該時時走出了他的屋子，而走到稠人廣眾之中，他走向城市，走向鄉郊；走向高樓，也走向窮巷——他努力去和人們接近，他越和他們接近，他就越會對他們感覺興趣，他的作品中，就越發充滿了溫情，而使得萬千讀者歌哭、奮發、感動不已。

一個作家，自然應該保有他自己的寂靜的一隅——那是他心靈的一個角落，以使他的妙思靈感在其中漸漸的抽長，而至揚芬吐蕊；——那是他一間小小的寫作室，他可以在其中搦管弄翰，在幽靜之中，使清詞麗句，絡繹奔會於他的腕下；但有時候，他應該走出了他的小屋，來到十字街頭，因為文學是不能離開人生而懸空高蹈的，所以，他應該投入街頭的人流，攝取街頭的景色，使他的文章成為「人間普遍真理」的推銷員。

現代愚公

幼時讀愚公移山的故事，覺得非常有趣，但掩卷細想，故事中仍多懸疑的成分：雖然愚公說過那樣的豪語：子子孫孫一直努力下去，剷土掘石，不怕一座巍然的巨山不自門前移走，但結果如何，故事中並未有個交代。

想不到類似愚公的故事，又重見於二十世紀的今日，而且，真正的遷移成功了。

事情發生在埃及。

大約在公元前一千二百五十年左右，埃及的君王蘭姆西斯二世(Rameses II)，在其國內的阿佈新拜爾 (AbuSimbel) 地方，建了一座規模宏大，氣勢雄偉的廟宇，其中所供奉的，正是他自己的守護神。

這座大廟極其技巧的利用山勢而構築，廟中的殿堂及室宇，皆位於山中，而以迤邐的山坡為廟的入口處，在這前面，更建立起君王的雕像，高達二十公尺，神態莊嚴，使人望見頓生企慕、仰止之心。這座廟宇與金字塔及獅身人面像，同為觀光客注意的焦點。

但是，自從埃及的阿斯萬水堤修建以後，這廟已經是「宛在水中央」了，浸漬日久，不但觀光客無法「溯洄從之」，瞻仰一番，而這將近三千年的巨大建築，也有傾圮之虞，一些熱心保存歷史文化的世界人士，都擔心起來。

終於經過多方策劃，這座廟乃實行遷建了。方法是：先用化學藥品使這建築所用的石頭更為堅實，然後，就把這「七寶樓臺」「拆成片段」，使之成為很多塊立方體（如此搬運起來就方便多了），將之運到山巔無水的乾爽之處，最後，像孩童玩七巧板似的，按原樣拚湊起來，如此，遂為這世界多保存了一件有名的古建築物。

聽說在紐約附近就有一座教堂，也是這樣遷建成功的，——雖然這些工作，和我們古代愚公的比起來是小規模的，但這證明了愚公的構想並非不可能的，複雜的建築既然都能夠搬運，則渾然的山丘又有何難？

近代的遷建術，將為人類保存不少的古蹟名勝，而「意志所在，無事不成」，更是現代的愚公給我們的鮮明啟示。

誰來晚餐？

自從公務員在那些燈紅酒綠、紙醉金迷的場所絕跡之後，就社會上說，已收到移風易俗之效；就家庭說，好多主婦喜上眉梢，她們不必再擔心家中的另一半，沉酣於舞廳歌榭，流連忘返——這一點，在一些篇章中，好幾位作者已經提過了，我們不再敘述，我們要說的是：至少，在許多家庭的晚餐桌上，男主人的座位不再是十日九空。

晚飯原是一日中較豐盛的一餐，設若在這樣的時刻，一家大小，團團圍坐，粳熟菜香，笑語盈盈，實乃人生至樂，可惜這家庭生活中的黃金段，往往因男主人的臨時缺席而快樂的情調破壞無餘。主婦們也常常因了良人的遲歸而無心執炊，杯盤草草，只求和孩子們胡亂填飽了肚子就算了。做母親的在那裡長嘘短嘆，兒女們也跟著無精打采，日久天長，家庭的幸福遂大打折扣。

世界上最著名的一次晚餐，自然是耶穌當年與十二門徒共進的那次晚餐；而世界上最了解晚餐的情趣的，我覺得要算是美國前任的眾議院議長麥考米克先生了。這位議長先生，在政治上有為有守，風骨嶙峋，為我國的良朋之一，在家庭中，也堪稱是一位標準男主人。

記得前幾年有一本美國的雜誌記載著，麥考米克和他的夫人哈麗葉（去歲病逝）伉儷情篤，結褵數十載，他從未拋下夫人自己在外面用過一次晚飯，無論有什麼隆重的餐會，如果賓客名單中沒有他的夫人，他一定坦直的謝絕：

「對不起，我得在家裡和內人一起吃晚飯。」

時日一久，他的這一習慣已為社會人士所週知，大家也都不嗔怪他，反而佩服他的信守與忠實，堅持與自己的妻子共進晚餐，數十年如一日。

一個家庭中的幸福，原本沒有現成的，要靠男女雙方去締造，彼此各盡自己的本分，並能對於對方體貼入微，自己置身繁華場中時，同時應想到另一半的煢獨。每個黃昏，主婦既然炊成了可口而營養的飯菜，那麼，「誰來晚餐」？

門扉啟處，履聲橐橐，那個手提零零七型公事箱的人，已按時回來了。

藝術的尺子

一個作家，獲享盛名，總因其作品本身有其獨特之處，有其不朽的因素在，「名下無虛士」，確有道理。名與實二者之間的相互關係，是非常微妙的，有實者未必有名，而有名者必然有實也。

不過作為一個作家，盛名之來，遲早未必一定，有的是生前即如日中天，有的是歿後方有知音，有的如拜倫，一覺醒來，成了詩人；有的則如濟慈，一詩才竟，墨瀋未乾，即被批評家一盆冷水潑下：「毫無詩才！」這無情而又不確的惡評，給了這年輕詩人致命的一擊，使他既病且死，而最後，他的詩才終為世人所認識，至今舉世公認他是英國浪漫派詩人的巨擘。

又如法國的小說家佛羅貝，不到三十歲時，即坐在珂羅塞地方的小屋裡，寫他的長篇《包法利夫人》，三十六歲始成，而書才出版，即引起一片喧囂，批評家的一塊泥巴向他迎面擲來：「寫的都是些齷齪的現實！」而現實（reality）這個字，至此由於他的關係，而漸漸演變成文學上的寫實主義（realism），他終於坐在寫實主義的寶座上，成為一大宗師，因禍得福，令人莞爾。

美國之斯坦貝克，其作品描寫細緻，而閃爍著理想的光彩，映射出人類的悲哀，他的《人鼠之間》，他的《月亮下落》，……他的短篇傑作〈菊花〉，令人百讀不厭，豈是批評家一句：「暢銷書而已」所可掩盡其光華，又如他的同國作家海明威，文字的精鍊，至一字挪移不得，他的〈雨中小貓〉、〈橋頭老人〉……短短的千數百字，而成為世界名著，因其取材於現實，而歸趨於象徵——象徵人與人之間的隔閡，個人之孤絕。他更寫出了兩次大戰後人類精神上的苦悶——由於精神上的苦悶，而形成色厲內荏。隻眼獨具，發人深省，也許有人說他的《老人與海》是受了《白鯨記》的影響，然而前者的深度與廣度，絕非《白鯨記》所能包括得了的。如今他在其本國文壇上，被人加上「模倣」之名，其實他的作品，真正是盧梭所說的有特性的藝術。寫至此我們不禁想起法國的莫泊桑，因其以犀利如鋒之筆，挖苦透了其國內的小市民，使他們讀來深感刺痛，他今日氣運衰退，在其本國讀者漸少，並非無因。而我們就文論文，展卷之餘，仍無法不讚嘆其觀察之深刻，文筆之淩厲，字句之晶瑩，並不與其目前本國的讀者持同樣的愛憎態度。

一個世界性的作家，自有其卓越之處，作為一個異國讀者，實有深究而抉發其幽微、美妙之必要。我們自勿需追隨著其本國的讀者，依據他們大名的暫時升沉，而評定其價值之高下，我們手中拿著的，應是藝術的尺子！

友人之言

日前美國學者赫爾教授 (Prof. Harold C. Hill) 來我國訪問，文藝協會、婦女寫作協會均曾以茶會歡迎，在那氣氛融洽，飄漾著茗香笑語的歡迎會上，赫爾先生曾即席致詞，大意是說，他此次前來我國，是為了對中華民國當代作家的創作情況有所瞭解，同時，他要收集一些新文藝作品，以為研究及授課的資料，最後，他更語重心長的說，在共產主義統治下的大陸，作家們只是在從事一種宣傳，文藝淪為宣傳的工具，作品都是機械性的，千篇一律的製品，毫無價值及意義可言。他的話，使我們聯想到一位歐洲作家的嘆息：「現在已經一切是機器了。」

目前的世界吹颳著罡風，洄旋著逆流，迷亂顛倒，真理蒙塵，我們

在此時此際聽到了赫爾先生這一番話，覺得語語澄澈，對他的真知灼見，更覺得欽佩之至。

文藝原是真理與自由的產物，只有在真理發揚，充滿自由氣氛的地區，文藝才能揚芬吐蕊。我們播遷到臺灣這反攻基地以來，已歷二十多個寒暑，當年由於渡海來臺的作家們的辛勤墾植，國語運動推進之不遺餘力，政府之倡導，報刊之重視，我們的文壇上人才輩出，濟濟多士，一些有成就的作家們的作品，各有自己的風格，獨具的特點，使得文藝園中，呈現出一片燦爛奇景，無論就雜文、散文、小說、詩歌、戲劇……任何一方面說，都有極其優美的作品，呈現在自己的眼前。我們這絕非自己誇耀，試拿一些當代歐美的散文、小說或詩歌來對讀一下，將貨比貨，我們的作品毫無遜色。

我們目前的文藝作品，已邀到一些國際人士的注意，如最近美國奧瑞岡大學教授帕蘭德瑞夫人(Angela J. Palandri)，曾將我國當代二十位新詩人的作品，譯介彼邦，聽說極受歡迎與重視。倘我們再繼踵國內外夏志清、葉維廉、施友忠、張蘭熙、榮之穎諸先生的步武，將我國的新文藝作品，大量譯介給外國讀者，我們文藝界的蓬勃氣象，我們創作界的自由氣氛，當更為世人所知，我們也有以報答我們的異國知音——如赫爾教授等可感的風雨中來訪的友人了。

寫下去

幾年以前，在一次座談會上，我曾向一些愛好文藝的青年朋友們說過兩句話：「時間本無情，讀者原善忘。」我說這話的意思，乃是勉勵那支在寫作途中跋涉的筆隊伍，把文壇上的浮名虛譽，看得淡一些，而只懷著熱情與理想，順從著藝術良心的指引，敘寫出自己要寫的，吐訴出自己要說的，向文藝女神表示出自己的一腔忠忱就夠了。

最近根據一些文章報導，及個人在彼邦尋訪觀察的結果，在美國文壇享過盛名的現代作家，如寫《人鼠之間》的斯坦貝克（已歿），寫《煙草路》的卡德威爾，《麥田捕手》的作者沙林格，以及《慾望街車》的作者田納西．威廉斯，近些時候，確是受盡了冷落——在書店櫥窗中，已

很少看到他們的作品了。他們當年的大名真是如日初升，而曾幾何時，已如此落寞。美國情形如此，其他國家的情形又何獨不然。這消息，在乍聞之下，未免令從事寫作的人寒心，但仔細想想，實在也不值得過分注意。

在以前，歐美作家們出書，總愛在扉頁上寫幾個這樣的字：To the happy few，推其本意，作者是說，他或她的這本書，是寫給幸福的少數人的。字裡行間，大有自矜之意：你能欣賞我的這本書，領會其中的真意，你就堪稱得起是一個幸福的人，我的這部著作，只是為了你們二三知音而寫的。

本來，一部嘔心泣血之作，能邀雅俗共賞，自是值得欣幸的事，而不能為大多數人激賞，也大可不必心灰意冷，知音如好友，人數何需多，有一二會心人，對自己的心聲發出共鳴，於願已足。

試研究一下古今中外作家們的際遇，我們會發現他們的氣數不同，命運各異，有的鴻運高照，歷三百餘載而盛名不衰，如莎士比亞；有的生時聲名籍甚，而歿後漸趨黯淡，如蕭伯納；有的窗前燈下，寫了半輩子而不大為人賞識，突然一旦被人發現其文章之真正妙處，一經揄揚，忽變得家傳戶曉，如晚明張岱、鍾惺諸人的作品，於二十世紀三十年代，時來運轉，紙貴一時，以及沈三白之「見知」於林語堂，都是好例。

所以，有志於寫作的朋友們，既然走上了這條路子，就終身以之，一直寫下去好了。忠實的寫，認真的寫，寫出大時代的聲音，民族的精神，自己的感受。精益求精，美上加美，至於知音的多寡，則不必計較。

色彩的美感

每次出戶走一遭回來，總有一些疲憊之感，不只是身體上的疲憊，也是心理上的。

形成這疲憊的原因很簡單——那是由於耳聽八方，目觀十色，換句話來說，是由噪音和不諧的色彩引起來的。

討論噪音的文章已經很多，茲不詳論，如今單說色彩。

根據一些藝術家的意見，予人美感的色彩，應具有下列的條件：鮮明、清晰、諧調、不強烈、不刺激。我們試看出現於臺北大街小巷的色彩，是不是合乎上述的一些條件呢。

我們一些商店的招牌、廣告牌的用色，是太不講究了，另外一些建

築的屋頂、門窗的顏色，也失之過於雜亂，毫無美感可言。

一些招牌、廣告牌的著色，不但不能引起人的美感，卻往往使觀者有反胃的感覺，使其作用失去不少。一位文友曾對我說，她有一天到一家商店去購物，站在那色彩俗艷的門前，未及進入，她先感到一陣暈眩，幾乎昏了過去。這個真實的故事不能視為笑談，有的色彩能使人感到愉快，有的則會使人產生不安的情緒。

一爿門窗淨潔，佈置得宜的店舖，再配上一塊色彩諧和的招牌，會使顧客感到愉悅；而在松青砂白之處，木屋數間，只要髹漆得色調優美，也極有畫意。平時看慣了一些顏色俗氣的建築物，一天偶爾看到一座古舊的小樓，深絳色的屋頂，淺色的牆垣，配上白漆的窗門，低低的本色木柵，圍著一排蒼翠的杉樹，同疏落的黃葉樹，頓覺氣為之爽，神為之清。色彩之美，人人可以獲致，可以享受，只消用些心思即可，有時並不會費去多少錢。

我們本來是一個極其注重色彩美的民族，這由過去的建築及繪畫就可以證明，在我們的一些歷史性的建築及畫幅上，很少發現使用刺目的原色之處，多半用的是優美的複合色，所以雖醒目、鮮明而不流俗，看來是那樣的典麗、雅致。

一個健康、向上、有朝氣的民族，莫不是富於美感，富於藝術感的。如今我們中華民國上下一心倡導、推動的文藝復興運動，正值高潮，我們也應該在色彩之「藝術化」的運用上，付與一些注意，將古人對色彩之配比、用法，與現代美學的理則治於一爐，使我們的通衢、街巷、建築、庭院……處處都呈現出美與高雅的趣味來。

從圖書館說起

最近有機會在國外參觀了一些圖書館，其中有些蒐藏浩瀚，令人嘆為觀止。太大的圖書館先不去說他，只談一些大學中規模較小的圖書館，其中關於中文的部分，就收藏頗富，並有許多現代的作品，我們中華民國當代作者們的著作，也有不少。不過，他們有點抉擇不精，收了一些粗製濫造的作品，令人興玉石混雜之嘆。

我就曾在一所大學的圖書館裡，看到一本談我們現代文學的書，出自一個絲毫不懂我國現代文學的印度人之手，歪曲謬誤，不堪一看，從它破舊的封面看來，受過這書毒害的人，已不知凡幾了。

一所現代的圖書館，已不僅是一座藏書樓，而是一個思想的供應站，

其中有好書，也有壞書，有真理，也有謊言，一個患了心靈飢渴症的借書人，進入其間，在飢不擇食的情況下，往往難以區分出麥粒與糠粃來，而真理與邪惡，爭先恐後的要入據他的心靈。所以說，圖書館在陶鑄一個人的思想上，實有著極大的功能，因為它的影響，往往在於無形之中的潛移默化。目前舉世滔滔，不乏大發狂囈的淺見之士，他們手邊日常的「讀物」，恐難免原是有「毒物」的。

前不久，有一位外國的年輕教授，應邀在一次其本國的國會議員們舉行的「公聽會」上講話，他原是研究犯罪心理學的，而他那天所談的則是頗為偏激的有關貿易的問題，還理直氣壯，一付「成竹在胸」的樣子，主席問他根據的資料是哪裡來的？他說是間接而又間接得來的，主席及聽眾至此為之嘿然，為之啞然。間接而又間接得來的資料，怎能據之而放言高論？但世界上偏偏有些喜歡速成的專家。他們也許年輕、坦直，胸無成見，倘我們經常供給他們以正確翔實的資料，他們未始不會替我們說話。

如今世界正籠罩在黎明前的暗霧裡，站在正義與真理這一邊的我們，如何使人看到我們背脊挺直的身影，如何使人聽見我們指導人類方向的聲音，以我們的良好優美書刊，正確翔實的資料，供應自由世界的人士們，實為刻不容緩之舉！

「盜名」新解

古人常愛提到「欺世盜名」的字樣，意謂一個人沒有真才實學，往往愛掠他人之美，以求名傳萬古。這一毛病，文人犯得最多，文抄公、文剪公之類皆是也，他們硬把人家的作品剽竊過來，據為己有，反而毫不臉紅的向人炫耀自己的文采風流。

我們今天這裡要說的，和上面的「盜名」略有不同，我們要說的，是真的去「盜」竊別人的「名字」，以圖厚利，這現象也是出現在文藝圈內，出版界中。

有一天我去逛書攤，赫然看到一本由某位女作家編選的薄薄文集，前面幾篇還勉強可以，後面幾篇則黃灰得不堪一看，正好那位女作家是我昔日的窗友，我不相信一向寫作態度謹嚴的她，居然編選出這種不能登大雅之堂的東西來，當面詢問之下，果然這部集子是冒用她的名字，後來她按照書後的地址，寫了封信到臺南去詢問，兩年多了，音訊杳然。那地址可能是假的，也可能那出版社出了這一批書，賺了一點錢，就關門大吉了。她不但未問出個結果，反而賠上二十多元臺幣，買了一本那種不堪入目的文集。好在她富於幽默感，笑了一笑說：「我就把這本書擺在書架上做個紀念吧，半生以來，我還未編選過別人的作品，寄語臺南那個冒用我名字的書店老板，以後再出文集的時候，別把內容搞得太不像話了。」

最近又有一位文友，看到一本集子，以她的名字代表整個集子的作者們：——上面標明某某某等著，其實書裡只有她一篇作品，其餘的都是另外廿多位作家寫的。出版這本書的老板，事前原應該來封信和她商量一下，一些作家們原來是生性澹泊洒脫，不大計較什麼的，絕無不答應之理；而此書出版後，也應贈送這位作家幾本，才是正理，這點基本的禮貌也沒有，未免欺人太甚了。可憐這些作家們，腦汁絞乾，心血嘔盡，寒窗一二十載，才博了點蝸角虛名，卻又被人家一次再次的盜了去用，欲追究吧，實嫌麻煩；不追究吧，心實未甘，盼望出版界中少數愛冒用人家名字出書的人，拿出藝術良心，對善良、溫和、淡泊、洒脫的作家群，稍稍客氣一些，他們她們也就心滿意足了。

第四輯

莫瑞亞珂

——二十世紀偉大的作家之一

莫瑞亞珂，一九五二年諾貝爾文藝獎金得主，法國國家學會的會員，年屆古稀之時，仍是搖筆不輟，在法國人民的心目中，他有如一輪光燦的太陽，前數年始歿世。

他的全名是法蘭沙．莫瑞亞珂（Francois Mauriac），於一八八五年生於法國的波爾都，少年時代皆在那裡度過，和寡母及一姐二弟生活在一起，二十歲時，才離開故鄉及慈母，去到那文學藝術的中心——巴黎。

在故鄉求學時他原是研讀文學的，到了巴黎後，他卻改讀歷史，中途不知為了什麼緣故，他對歷史忽然失去了興趣，不願再於陳舊的史籍中去覓尋人類進化的軌跡。申請退學後，他每日唯靜居一室，以一枝筆來抒寫他心靈的感受，這是他文學生涯的開始。

但最初使他感覺興趣的還是詩——那最能代表心靈的聲音的詩。他寫詩，也寫評詩的文章。一九〇一年，他廿五歲時，在當時的《現代評論》上，發表了一篇詩評，這是他第一篇發表出來的作品，其中頗多精當之論。三年後，他的第一部作品《交握著的手》出版，受到批評家巴里斯的激賞，這個原無藉藉名的青年，一經品題，立即名噪文林，這對於在創作的道路上摸索的他，實是一極大的鼓勵。一九二二年，他又發表了《給癩病患者的一吻》，這本優秀的創作，奠定了他小說家的地位。接著，他又寫了不少的小說，其中的《毒蛇之結》（有我的中譯本，書名改為《恨與愛》），《戴麗西》，《愛之荒漠》（有何欣的中譯本），是他最重要的文學作品。

異於一般自鳴孤高的文人，他並不將自己關閉在象牙塔裡，他不但置身於熙來攘往的人行道上，同時，更對政治發生了濃厚的興趣，他以為人是離不開政治的。當時有一個名為「犂路」的社團，雖是天主教的組織，但對政治也時時發表主張，以其態度不偏不倚，且持論公正，引起了莫瑞亞珂的興味，他遂加入其中，做了一個團員。他雖終生未曾從政，但對政治的濃厚興趣，一直保留到現在，在他目前為報刊寫的專欄中，我們可以讀到他在政治上精闢獨到的見解，而在他的小說中，偶而也有一些片段，反映出他的政治主張。

他也是一個愛國心極其強烈的人，第一次大戰時，他曾投身軍中，為祖國而戰，也曾在傷兵醫院中服務過，偶有空暇，仍不忘弄弄文墨。戰後，他的聲譽日隆，一九二五年，他以小說《愛之荒漠》得到法國國家學會的小說獎，一九三二年，他膺選為法國文藝協會的主席，一九三三年被聘為法國國家學會的會員。這在法國的學者文人是最高的榮譽。一九三四年，他將自己的日記整理出版，因為文筆優美，思想深刻，出版之後，紙貴一時，這是他散文寫作上的一大成功。

二次大戰發生，法國兵敗，法奸在希特勒的鐵騎下，組織了偽政權，莫瑞亞珂基於對自由及正義的熱愛，集合同志從事反納粹的地下活動，更編寫愛國的小冊子《黑簿子》散發民眾，在德國秘密警察的偵緝下，他到處躲避，倖免於難。一九四四年法國國土光復，他在文壇上更為活躍，經常有文藝作品及論文發表於各大報刊，讀者爭相閱讀，他的論文在言論界更發生了極大的作用。

在文學作品中，他的《毒蛇之結》，有人說是最能表現他藝術技巧的一部，（在他那枝神奇的筆下，那個愛財如命的老者魯毅，竟像是有了真正的生命，他創造的這個人物，也許只有巴爾扎克寫的《高老頭》可以與之媲美。）在這部書中，他對人類的心靈，做一深刻的研究，剖析那被傲慢、憎恨、貪婪所充滿的靈魂，極其細緻。這篇小說的主題，乃是靈魂之戰，the battle for a human soul。

魯毅是書中的主角，他也可以說是「人格化的過惡」，他家產百萬，但居恆抑鬱寡歡。在書中，我們可以聽到他的嘆息：

「我空有家產百萬，但沒有一盞冷水飲！」

這盞「冷水」，代表著他乾渴的靈魂所希望著的一種東西：溫情與愛；這「冷水」雖似平常，但世人真正能夠享受到它的，為數並不多！

魯毅於垂暮之年，企圖將他抑鬱的原因加以描繪，乃寫下了他全部痛苦的故事：一個受著寡母溺愛，卻缺少其他情愛溫潤的童年……，後來少女依莎對他的愛，才融化了他冰結的心靈。但是，一些疑忌，竟毀壞了他倆婚姻生活中的溫馨，以及子女們生活中的快樂……。魯毅，這個老守財奴曾竭力想使他的家人子女得不到他遺產的承繼權……最後，全書的高潮是：神聖的愛之光輝，籠罩了他的暮年，並使他走出了憎恨的荊棘叢，擺脫了過惡的糾纏。關於人的靈魂的微語，這書有極精確的紀錄，極具感人的力量。

他的另一本傑作《戴麗西》，是以女主角的名字為書名的，寫一個美麗而倨傲，「征服」心理特強的女性，她以為天下一切男子，皆應做她的臣民，她搶奪一些近親的愛人——她姐妹的情人甚至她女兒的情人，都是她掠奪的對象。她以其美色與黠慧，先後俘虜來好幾個男子，這感情上的猖獗，實在是一種心理上的變態，這也形成了不可饒恕的罪過；末了，是真誠的懺悔之情，將她心中的蔓草除去，並滌淨了她的過惡。在西洋的小說家中，寫女性心理極其成功的，托爾斯泰是一個，他筆下的安娜·卡列妮娜以及娜塔霞，真個是活靈活現，呼之欲出。而莫瑞亞珂筆下的戴麗西，其生動的程度，不但可與托氏創造的那幾個人物相比並，甚至在心理的描寫上猶有過之。誰會想到一個能與強敵週旋的，具有「勇士」精神的莫瑞亞珂，同時，更具有一個「女性」的靈魂呢？這無法解釋，只能說是天才形成的奇蹟。學力只可以造成一個學者，而「天才」始會形成一位作家，天才的特徵乃是——「透視」與「想像」的能力，這會使一個作家對「人性」具有了無限的知識。

作為小說家的莫瑞亞珂，具有雙重的人格，他是個頭腦冷靜的科學家，同時，也是個有著悲憫情懷的宗教家。

說他如一個科學家般態度客觀，一點也不錯，他那犀利的眼光，首先在人的心靈深處看到的，且將之表現於作品中的是「惡」。（並且，他不只是看到而已，他更剝去了人們外表的偽裝，而露出了他們的本來面目。）

他對文學的態度，可於他下面的一段談話中看出來：

「如果說，小說家有其存在的理由，那就在於描繪出人們內心深處的罪惡與虛偽——那與天主相牴觸的種種因素。」

而他的作品內容竟是完全充滿了「罪惡」與「虛偽」的描寫嗎，竟純粹是一片可怕的黝暗嗎，竟是到處排列著蕭瑟的冬景嗎？——不，在那黑暗中，更顫動著微光，一線希望的曙光，閃爍於他的小說的篇頁上，同時，字裡行間，更透出了愛的消息，我們說莫瑞亞珂有著悲憫的宗教家的情懷在此。在每部作品的末了，他似是向我們微笑著說：「在過惡的下面，我看到了愛！」他始終認為人不是不可救藥的惡，而最後愛終會統治了心靈。

異於海明威及卡繆，我們覺著莫瑞亞珂是一個能領導人類的心靈「出埃及」的引路者，他強調的是愛，善，與樂觀。（儘管他以惡為題材。）

由他的作品，我們可以歸納出幾點：

性善的哲學——正如我們在前面一再說過的，儘管他知道人性柔弱、柔弱得如同在罪惡的疾風中偃仰的小草；但是，他對人，始終有著不可動搖的信心，他以為內心的愛終於會戰勝了恨；善戰勝了惡；靈戰勝了肉。

樂觀的看法——也因為他是一個虔誠的天主教徒的緣故，他始終懷著希望，以為一切都可以變好。他以為，那些犯了過惡的人，心田之所以成了一片荒瘠，都是由於缺少了愛，最後，那沉睡於他們心底中的愛，終於會醒轉來，而那種外在的神秘的愛力，終也會尋到他們身邊，使他們的靈魂美化——池塘終於生春草，園柳最後變鳴禽——這一點，《毒蛇之結》一書的主角魯毅的一生，表現得最為清楚，那個「恨」了一輩子的老人，終於在死前不久，看到了光，看到了愛。

忠恕為懷——因為他以詩人的悲憫眼光看世界，所以一些在慾念、罪惡的深淵中掙扎的人，引起了他的憐憫與同情，他以為「他們原不致如此」，而「他們之所以如此」，我們也有責任。「你信不信，如果我們變個樣子，他也不會那樣了。」這是他小說中一個人物——少婦珍寧說的一句話，這句話，的確可以看做莫瑞亞珂本人的悲憫呼聲，這的確是一個偉大的呼聲，將人類自誤解的噩夢中喚醒的世紀末的鐘聲。我們每個人都可以拿這句話來問問自己，由正確的答語而引起的行動，將會使世界現況改善。

反習俗，反成見，不妥協的態度——在反習俗反成見，不妥協的態度中，可以見出莫瑞亞珂的強力。人家以為對的，他認為未必對。至於人云亦云，隨聲附和，他尤其不以為然。凡事他都要重新估價，——尤其是對「人」的評價——他以為公認的「濫好人」並非澈頭澈尾的好，而「壞人」更不是一無是處的壞，前者自亦有其缺點，後者自亦有其長處，這種主張，充分的表現於他的作品中。他自己更曾說過：「要在那些外表看來似乎『失敗』的人物中，引流那神聖而神秘的泉流。」

諾貝爾獎金委員會，為了他的藝術技巧，更為了他作品內表現的中心思想，而於一九五二年贈予他文藝獎金，理由是：「他是二十世紀傑出的作家，他的作品在增進人類彼此間的認識，促進彼此的了解上，有極大的貢獻，且使世界的文化，更為合乎人情味。」那年他是六十七歲，而出版的作品已有七十九本之多，得獎之作，包括他全部的作品在內。

他經常為文藝雜誌《費加羅》寫稿，並為《快報》週刊寫專欄。這個專欄中所寫，多為他對時局的見解及政治主張，有分量，且有力量，擁有廣大的讀者群，他曾為了法國對北非屬地問題的處理不當，而大加抨擊，他非難他國家的措施，而對那些遭法國逮捕的北非人民則深表同情。由此也可見他的「能言敢諫」，因為他所依據的是真理與正義，而非偏見及自私，所以，幾乎無人能對他的話加以反駁。至其晚年，他已無意於寫小說了，也許他覺得他的小說已竭盡了促進人類相知的使命了吧？他在寫作上，也真可以說是「十項全能」。他寫過詩、散文、小說、論文、批評、戲劇、以及傳記，並且皆極成功。

最後，我們僅引用兩段西洋批評家對他的評語作結：

卓越的藝術手法，獨具的風格；同時，對軟弱的人性更有透澈的理解，他創造了一幅幅典型的人物圖象，使讀者長久難忘。

繼承了杜斯妥也夫斯基寫小說的傳統，及波多萊爾寫詩的路線，莫瑞亞珂自應得到他目前偉大作家的地位。

感覺派小說的創始者

——維金妮亞．吳爾芙

譯完了維金妮亞．吳爾芙的《自己的屋子》（Virginia Woolf: *A Room of One's Own*），我推開坐了將近兩個月的圈椅，自寫字枱邊站了起來。低頭面對蟹形字同格子紙這麼多天，我才發現窗外初春的夜空，已藍得溫潤如絨，銀河畔似流送來眾星的歌唱，可是這本書的原作者教給了我一些東西，使我的感覺變得較為纖細銳敏了？

這是一本好書，學生時代即曾聽到一些批評家交相讚譽，但是它究竟好到什麼程度，它的好處到底在哪裡，由於以前僅片斷的閱讀過，無法說得清楚。直到去歲，沉櫻女士自美寄贈我一本此書的原文，我匆遽的捧讀一遍，其中妙處猶未能盡行領略。最近試譯全文，我的心靈才算真正的走進書裡──宛如法朗士所說，在其中做了一次靈魂的探險。如今，我雖走出了寶山，精神卻依然沉酣於那阿麗絲的奇境裡。

作者維金妮亞．吳爾芙是五十年代重要的英國作家，人稱她為近代感覺派小說的創始者，在哲學方面，她受法國的柏格森及她本國的威廉．詹姆斯影響甚大，同時，奧國的精神病理學家弗洛依德也對她有極大的影響。她曾說，生活是一個光彩奪目的光圈；是一個半透明的包裹，將我們的意識都包在裡面了。她更以為人不過是個半流動的立方體（流動的乃是意識），由此可以看出，她是多麼的注重意識和感受。因而有人說她是生活在一個純粹的感覺性的世界裡。批評家威廉．特洛依說：「她的世界是由詩人、哲學家、植物學家同水彩畫家所構成的高級波西米亞的世界，她的世界裡的人物所關心的，是他們的感覺和印象。」維金妮亞．吳爾芙在作品中，常以過分的注重剎那，而犧牲了空間。她像是比我們有較多的纖維束，她更像是比我們多生了一些精神上的觸鬚（但是就為了她是如此的銳敏多感，在第二次世界大戰中，希特勒大舉轟炸英倫時，她才投水而歿，享年五十九歲，時為一九四一年）。世界上的一切現象，在她看來不僅是多采多姿的，並且是多重的，她的雙睛不僅如莎士比亞所形容的：

詩人的眼睛狂悖的轉動，
能自天上看到地下，自地下看到天上。

並且，她更進一步的如詩人華茲華斯所說：

我看到一切都在呼吸，散發著內在的涵義。

她將其銳敏的感覺搜尋來的各色各樣的，光怪陸離的印象，彙集起來，加以分析，並予以詮釋。

為了配合她的銳敏的感覺，她的遣詞造句，也就力求新穎、細緻。但如果有人以「亂世之文詭以麗」，來形容這位曾親歷身經兩次世界大戰的女作家的文字，就大錯特錯了，是的，她的文字很俏皮，字面很瑰麗，但在那青翠叢密的兩岸藻荇下面，遮覆著的是怎樣一道澄明的銀流！只見藻荇，不見澄明的水波，那該是岸上人的過咎吧。儘管她文字詭奇，但她有正確的見解，有人誤解她，說她是描寫陰影的能手，但設若仔細去研讀，我們就會知道，穿過了陰影，她散佈上多少智慧的星光。

她告訴我們，讓思想將釣絲垂到水中，等待意念靜靜的凝聚；她要我們在寫作時眼睜睜的巴望現實；她更說，一個作家的脊椎該是「正直」，這真是千古不易之論。

這本書是由兩篇文字拼成的——她在英國紐南姆和格登兩個女子學院宣讀的講詞，後又加以增添延展，成了目前這本書的樣子，人謂此書性質雖是散文，效果不啻小說，這種充滿詞藻之美，與生動的敘述的演講詞，確是罕見的。當時她在那兩所女子學院講的題目是「婦女與小說」，在闡發主題時，她因自身是才自重重束縛中解脫出來的二十世紀的「大英帝國」女性，順便就代十八世紀的姑婆們發了點不大不小的牢騷，而達成了她演講詞的精彩結論：婦女們如果想安心寫作，就應該有一間屬於自己的屋子，並且一年應該有點固定的收入。在書中，她引用了十七世紀中葉英國女詩人溫澈西夫人的詩句：

一個搦管弄柔翰的女子。
被認為無比狂愚
沒有美德能補救此一過失
人們認為我們忘了身為女子及行其所宜。

這些句子使我們聯想到早過這位英國太太六百餘年的，我國宋朝的女詞人朱淑真，她不是曾嗟嘆過嗎：

女子弄文誠可罪，
那堪詠月更吟風。
磨穿鐵硯非吾事，
繡折金針卻有功。

以及：

添得情懷轉蕭索，
始知伶俐不如癡。

朱淑真的詩詞稿，據說曾遭她父母焚燬，幸有些首早就被人傳抄過，所以部分仍能流傳下來。這東方與西方兩位女詩人的怨懟之詞，在能自由自在搖筆的我們讀來，真是感動深深。

維金妮亞．吳爾芙在這篇講詞中的句子，神光離合，乍陰乍陽，若虛若實，真符合了一位小說家的話：

各人對世界都有一種幻象，或是詩意的，或是感情的，喜的或愁的，穢的或潔的，都隨著各人的性情。著作家的能事，就是誠誠實實的用他所能的藝術手法，將這幻象表現出來。

儘管維金妮亞．吳爾芙的著眼點是現實，但是為了烘托襯示，她常是以那枝神妙的筆，勾畫想像中的事物及幻影。在這本書中，有一些這樣的句子：

荒寂之中，若有人焉，睡在吊床裡；若有人焉，在光影中宛如幻象，一半是你虛擬的，一半似是目光看到的，穿越過茂草而奔——沒有人拉住她？

這使我們聯想起《楚辭》中「若有人兮山之阿」，像這樣靠了馳騁想像，而得到的自天外飛來的奇句妙語，在《自己的屋子》一書中，不勝枚舉。那可能是微神（Vision），是作家的靈眼在天地間瞄到的，使文章多了一份迷離恍惚的神態，也增加了耐人思猜的神秘氣氛。這也是維金尼亞．吳爾芙的絕技之一。

我們更要說的，是她的寫景的本領，她的手法是如此的空靈俏麗，她更能自靜態的畫面中，看出動態的美來，她是多麼的善於驅遣文字：

在另一岸，垂柳的長髮披肩，在永恆的哀傷中哭泣著，河水反映著它所抉擇的幾處天空、橋、同燃燒著的樹。而當那個學生的船，划過水中的倒影後，水上的一切，又平靜的恢復了完整。

又如：

> 芬南穆花園，在春天的黃昏裡呈現於我的面前，充滿野趣而空曠。在沒脛的長草上，點綴著自在的，不經意的生長著的水仙同藍鐘花。也許在花開最盛時也是雜亂無序的，現在被風吹動著，根株被扯曳得珊珊動搖。

在另外一些篇章中，她曾將寂靜比作一口深沉的井，更說，在其中可以汲出了鴿子的咕嚕聲（她借用了 bubble 這個字，一語雙關，以形容鴿聲的圓渾），她說：月光之雨潑濺著；她說，樹木為迷途的陽光鋪展出重疊的陰影……她將色彩、動力、音樂融入文字中，使之具有了無限的魅力，字裡行間有如精金美玉般閃著奇光。在寫景方面，她是第一等的高手，她使我們想起了法國女詩人羅藹伊說的：「宛如一股綺風，在兩行石竹間穿過。」

就為了捕捉這穿過兩行石竹間的一股綺風，翻譯她的文章時真是頗費心力，這是一宗艱苦的工作，但是美在其中，樂在其中。我用了差不多兩閱月的時間，才譯完了這本並不算厚的書。書中的文句，有的宛如著了長長衣裙的身影，搖曳生姿，有時這種句子，竟長達六七行。因為作者是個獨創一格的文體家 (Stylist)，我們只有盡力設法在譯文中保持其些許風貌。她的文章有時順適暢達，如涓涓始流的春水，不過有時水中仍雜有未溶的積雪與堅冰，讀來難免有點彆扭，有點晦澀，但這也正是她文章的特徵之一。她的文章絕非是漠漠平蕪式的，可以一覽無餘，其中有點東西，等待我們透過了朦朦朧朧的象徵，是耶非耶的隱喻，到字句的背後去尋覓。

維金妮亞．吳爾芙說來對我們並不太陌生，第一個將她的名字介紹到中國來的，是商務印書館多少年前出版的《小說月報》，其中還刊有她的照片，瘦削的容長臉兒上，閃爍著兩顆清炯炯的眸子，這是一付有奇氣的脫俗的面貌，見出她的才智與多感。新月派詩人徐志摩，在寫他崇慕的曼殊斐爾時，也曾附帶著提過她一句。民國五十一年一月在臺北出版的《現代文學》雜誌，曾為她出過一個專號，介紹她的思想、作風，以及她的幾個短篇：〈鬼屋〉、〈新裝〉、〈菓園〉。我如今將她的這本書試加翻譯，純粹是為了興趣，因為，我喜愛她的作品，更喜愛她這種字句精警，說理透闢，有如藍冰般冷冽晶瑩，近乎文學批評的，談寫作的文章。希望她這本書能多少給予讀者朋友們一種啟示，與一些激勵。

附　錄

訪張秀亞女士談新詩

據我們所知，一身兼具詩人、作家、學者的張秀亞女士，髫齡即開始寫作，自高中時出版《大龍河畔》小說至今，寫作歷史已有好多年了。先後出版的著作計有：

①小說：《大龍河畔》、《皈依》、《幸福的泉源》、《珂蘿佐女郎》、《尋夢草》、《感情的花朵》、《七弦琴》、《那飄去的雲》、《藝術與愛情》、《張秀亞自選集》等十種。

②散文：《三色堇》、《牧羊女》、《凡妮手冊》、《懷念》、《湖上》（已出十六版）、《愛琳日記》、《兩個聖誕節》、《少女的書》、《北窗下》（已出

二十三版）、《張秀亞散文集》、《張秀亞選集》、《秀亞自選集》、《曼陀羅》、《我與文學》、《心寄何處》、《書房一角》、《水仙辭》、《天香庭院》、《我的水墨小品》、《人生小景》等二十五種。

③翻譯：《同心曲》、《聖誕海航》、《心曲笛韻》、《恨與愛》、《友情與聖愛》、《回憶錄》、《改造世界》、《論藝術》、《自己的屋子》、《聖女之歌》等十種。

④藝術史九冊（包括《史前的藝術》、《埃及的藝術》、《希臘的藝術》、《羅馬文化前期的藝術》、《羅馬的藝術》、《基督文化初期的藝術》、《拜占庭藝術》、《中古前期的藝術》、《中古的藝術》）。

⑤傳記：《露德百年紀念》、《愛火炎炎》、《在華五十年》、《當今的教宗》等四種。

⑥詩：《水上琴聲》、《秋池畔》等二種。另外更編選有《朱自清選集》。

張秀亞女士北平輔仁大學西洋語文學系畢業，輔大研究所史學組研究，曾任輔大編譯員、講師、重慶《益世報副刊》主編，靜宜女子英專教授，現任輔大教授。已出版各種著譯將近六十多種，可謂著作等身。她的詩集雖然只出過《水上琴聲》和《秋池畔》兩種，但在臺灣二十幾年來，不時仍有詩作在報刊發表，應是臺灣新詩的開拓者之一。

這篇報導是本刊陳敏華社長親自訪問張秀亞女士的結果，文中張秀亞女士對她的寫作歷史、抗戰前及抗戰時期詩的風格、特色，以及臺灣詩壇存在的問題等，都有詳實的介紹和精闢的評論。我們在此表示誠摯的感謝。以下就是她們兩位的問與答。

一、張教授：我們知道您從民國二十四年中學時代開始文藝創作迄今，已出版各種作品五十多種，可否把您的寫作歷史給我們的讀者介紹一下？

謝謝您，承您們在前面對我的寫作，作了一詳盡的介紹，我覺得很感謝，也很慚愧。我讀中學的時候，正值北伐成功後，生活安定，物價低廉，文藝、出版界更是一片欣欣向榮的氣象，我的家中原存有一些新舊文藝的書籍，同時，我更時常購買一些，當時以我一個小小中學生，竟擁有了一個藏書豐富的小書屋，長時期的閱讀激發了我的靈感，更提高了我寫作的興趣。這個門上垂著疏疏的竹簾，飄著碧色窗幃的藏書屋，成了我試行寫作的「發源地」。同時，那時我家中訂閱的幾份報紙中，都有編得很精彩的文藝副刊，那是很適合練習寫作的場地。我最初將每週在學校裡的作文抄錄下來，悄悄的去投稿，很僥倖的都發表出來了；每篇的稿費好像是八、九元銀洋，那很夠我再去買一些好書了。我最初發表的是一些散文同短詩，後來也寫小說，這些作品發表在二十三年的《益世報．文學週刊》及其他報紙的副刊上，那時的剪報，我還存留了一些。師友及那些刊物編輯的鼓勵（她們、他們不僅為我指點文章利病，並且常贈送我文藝新書及稿紙），使我搖筆不輟，直到今日。後來上了大學，自己和一些同學負責校中季刊（偏重文藝）及週刊（偏重生活），寫作更勤一些，同時為了在文學知識的領域，開啟一扇天窗，我轉入了西洋文學系，課餘更以大部分時間涉獵一些歐美文學作品，選修了點藝術的科目，同時也學習翻譯。在高中畢業的那年，出了一本小說與散文的合集，在大學讀書時出了兩本小說集同三個翻譯的小冊子。畢業後考入了研究所的史學組，歷史原也是與文學相關的，讀史學組對我的寫作不無幫助。後來由古城遠赴山城，主持我第一次投稿的園地《益世報．副刊》的編務，這真也是一個巧合，……總之，我自中學到現在，就未曾和寫作脫節過，談不到什麼成就，但浪費的紙張筆墨，卻真是不少了。

二、您在少女時代用筆名發表小說散文，卻用本名發表詩作，是不是表示您對新詩特別喜愛？那個時代的詩風如何？

我讀書的時候，女孩子們寫稿的已經有一些，但為數不多，我投稿的那個刊物的編輯先生，也許最不喜歡女作者吧：把我文章中凡是寫到「白衣青裙」的學生制服，以及寫到我的「兩條小辮子」之處，都統通刪掉，（這真是所謂剪掉「散文的辮子」了，一笑。）他們說，我最好不要用本名，以免一個小小的中學女孩會引起讀者們過分的注意，過度的褒或貶對一個初學寫作者都不會有良好的影響的，我覺得他們的心意是善良的，說法也不無道理，於是，我自己起了個筆名叫陳藍，我想，藍是黎明曉空的顏色，代表著純潔、詩、理想與夢，陳則是我外祖家的姓；後來，更將筆名與本名合併，成為張亞藍，而當時我寫的詩並不太多，自己想偶用本名無妨，所以就是以本名寫詩了，記得當時我曾默默的注視著自己的這三個名字，孩子氣的說：「你們三個好好努力吧，看看誰比較有點發展。」多少年了，我覺得「她們三個」都沒有什麼，於是就乾脆將筆名廢棄，只簡單的用一個本名了，不過前年倒是又以一個臨時性的筆名「心井」，為《中央日報．副刊》寫了七十多篇方塊文章。——這是我「節外生枝」的幾句話。

說到那個時代的詩風，可以說是頗不一致的。一些受了法國象徵主義影響頗鉅的詩人如李金髮等人，雖然當時已寫得較少了，而受了法國現代派的影響的詩人如戴望舒等，在寫詩上一方面愛用譬喻、隱喻，略有晦澀意味，但語句簡短，喜用口語化的句法，讀來富異國情調，而又有親切新鮮之感，所以頗受讀者的喜愛。新月派的詩人徐志摩那時雖已去世，但他對詩壇的影響力仍在，他的弟子方瑋德等人，就是繼承他的衣缽的，另有一些年輕的詩人，喜歡寫哲理意味的詩，注重意象之美，記得他們自喻他們的詩：淡，而有味如同白金龍牌的香煙。此外，法國現代詩人梵樂希 (Paul Valery) 的名著〈水仙〉曾被譯介過來，他那朦朧淡遠的詩風，自然也對那時的詩壇發生了重大的影響。當時有新月派的詩人辦的《詩刊》，以及報刊上一些詩特刊，都大量的刊登詩作，而大部分詩人們都自己追尋自己獨特的風格，以求達到詩之藝術的極致，彼此互相影響是有的，異中有同，同中有異，形成了極其璀璨的景象。

三、聽說您到現在仍保存有早期的作品，相信一定也有新詩吧？可否讓我們抄一兩首給本刊的讀者欣賞？

謝謝您的好意，我早期寫的詩，至今保留下來的有十數首，其中五首包括在〈秋池畔〉中，較早的一首〈水上琴聲〉，是在二十九年我讀大二時寫的，另外一首〈客至〉，是寫於三十二年。我現在先將〈客至〉抄錄在下面：

石階上滴落著，滴落著
足音的春雨
眼前盛開了
紅唇的早玫瑰
面頰的百合
黑髮的剪邊蘿
　是她疲憊的靈魂
酒杯底有她的影子
一把扇子落在她的裙邊
她還是寂寞的。
他們舉起了杯杯沁涼的啤酒
一串白色的泡沫湧升
依稀一些幌動的面影

空氣中飛颺著一朵朵的飛絮
——笑語裡夾雜著太息
主人疲倦
淡黃的日影印在白壁上
　漂漾藻荇間
輕歌低唱著躍出
月光鍍明了水面
（水面不禁微笑
笑出圓圓渦漩）
手擎著白蓮
懷抱了琴弦

另外，我再引長詩〈水上琴聲〉中的數段：

水上
岸上
同時流出了
銀鈴似的
音樂之泉
月光水面
清清淺淺
朵朵白蓮
風中俯仰朝拜
再低些
水燕輕輕的飛
流雲猶盼望
盼望你的飛回

……
琴聲水聲
緩緩的喚醒了
千年前在湖畔
自沉的凄美水仙
悠長的幻夢
向那音樂之泉
波平
無聲

驀的如一聲鐘
伴一隻水燕飛
飛上晴美藍空
高些
再高些
渡過銀河上
暮色的橋
遙遙去迎
那水晶色的黎明
（水燕伴琴聲歌唱
白雲是我的家鄉）
低些
凄凄
水雲低

落啊
落上了水面
如夢的琴聲
像鮮碧的蘆葉船
盪漾
盪漾
載著心靈的旅客
漸行
漸遠
穿過碧色的荷葉田
窗外
階前

琴聲細——
滴滴瀝瀝
彈出三月連綿的春雨
滴滴
點點
音樂之雨
濕了窗前
少女的柔長髮絲
是點點星星的清淚
濕了天河岸上的銀笛
春雨
春雨
天上
地下

苔青一片煙
是春神偕伴琴聲
琴聲
飛上心間
春神
才到人間
快樂也像池塘草
綠遍了人間
染上了心間
聽
淅淅春雨
聽
細細琴弦

四、您抗戰時曾擔任《益世報》的副刊主編，請問那個時代的詩有何特色？同我們當前的詩有何不同？

那時候，因為正值抗日戰爭的高潮，詩和其他的文藝作品一樣，除了其本身的藝術價值以外，並肩荷著時代的任務，激發士氣、正義感、與強烈的愛國意識，為了深入各階層並普及民間，詩的口語化與音樂感乃格外的被強調，結果就產生了朗誦詩。當然，義蘊稍覺晦澀的詩不是沒有，但朗誦詩與義蘊明朗的詩句，乃是那時代特殊的產物。

五、對於臺灣詩壇的眾說紛紜，您一定十分了然，尤其關於詩的明朗與晦澀的問題，您有何批評和指教？

謝謝您，這個題目涉及的範圍很廣泛義蘊也很深刻，如果要將它答覆得完全，大概可以寫成一個小冊子，關於詩的明朗及晦澀的問題，我覺得這是一個存在了很久的問題。這應該靠詩的取材與內容而決定，我國古代的詩人中，將一部分詩寫得比謎還難解的，自然首推李義山，而他的那首〈樂遊原〉：

向晚意不適，
驅車登古原，
夕陽無限好，
只是近黃昏。

卻一點也不難解，一點也不晦澀，在這首詩裡，他所表現的是對霎那之美的一種感慨，當夕陽璀璨煊麗到極點時，那份無限的美，瞬將化為蒼茫的暮色。而他寫的最難解的是他那些抒情的無題詩，我不贊成一些人把它穿鑿為描寫宦途際遇的詩，那只有破壞了那些瑰麗作品的美。那只是些描寫他的情感的真實故事的一些詩，而當時或為了環境以及其他的因素，他無法將詩中抒寫的對象清楚的指點出來；而在感情方面一些愛、恨、怨、嗔，雲譎波詭的變化，他只有以譬喻、以象徵狀寫出那份微妙來，他的晦澀的詩，自有不得不「晦澀」的理由。同時，文學的表現手法非一，有人有時愛用開門見山式的手法，有人有時則愛用間接紆迴的手法。在月夜我們如聽到笛管，我們會覺得有無限的美感，而引發了一些奇妙的幻想與幽思，而如日午聽到鐃鈸，那心理上自然另是一種反應。寫得好的含蘊深厚的晦澀的詩讀來如月夜聞笛，那些音符的義蘊，我們可以借助於銀色的月光，暗藍的靜夜，以及重疊的樹蔭，珊珊的花影去解釋，這就是較為晦澀的詩。這種詩是瞻翫無極，味之彌遠，不是平淺的，是較有深度的，欣賞玩索的結果，我們可以藉了想像、聯想搭築的橋樑，追尋到詩人的靈魂深處，看到其中的優美、淵深、博大、宏麗——這當然指的是真正的、好的、第一等的因含蓄深厚才略顯晦澀的詩，它晦澀，是由於詩人技巧的以間接而又間接的手法來表現，引你來到了搖曳著幽草澗花的清極麗極的境界，你恍然得到一種憬悟，看到一星照明的火燄，讓你得到了一把鑰匙，——雖然鑰匙上有點綠銹了，但那詩的門扃將訇然而開。——有些只堆砌一些「表象」的碎片炫人眼目，而實際內容一片「空無」，毫無內涵的晦澀的詩，當然是一些假的詩——我們無法了解它，因為它表現的本來就是無物，又何從了解？以明朗的手法，自然也可以寫出一些極好的詩——這證之我國唐代詩人，當可知此言非謬，而如美國現代詩人桑德堡以及弗羅斯特的作品中，有好多篇是清楚易曉的好詩。一篇敘事的詩，或把捉、記錄一刹那印象的詩……都可用明朗的手法寫，把握住現實中一事一物的形與影，攝取到一種意態、一個印象的神光離合——如王國維曾讚美「細雨濕流光」一句詩，認為它能攝取到春草之魂——這詩句是明朗的，是絕妙的。……所以我們認為用晦澀、明朗的手法都可以寫出好詩，一個詩人也可以同時並用二種手法。——這只是我一點粗淺之見，還請你們指教。

（轉載自《葡萄園詩刊》）

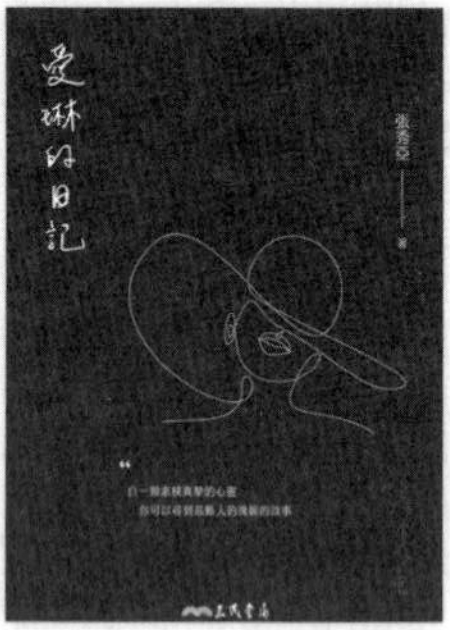

愛琳的日記

張秀亞／著

本書記錄張秀亞女士在臺中生活的點點滴滴，以及對文藝創作的看法。作者以優美細膩的文字，在筆端燃燒內心的熱情，並擁抱生活和大自然的愛與純真、追求人生深邃的真理、領略不平凡的感情與崇高的意念，發現人性的真、善、美，漫溢在這紛紛擾擾的人世間，感動你我的心。

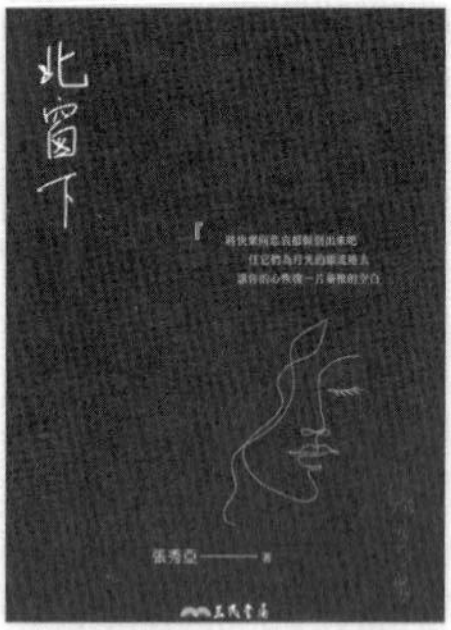

北窗下

張秀亞／著

一扇向北的小窗，為心靈繫上想像的翅翼，一泓曲澗、一枚小石、一片綠影，醞釀成一篇篇的飄逸情思。張秀亞女士在窗內捕捉璀璨的意象，於窗外尋繹人生的啟示。她的文字，有掇拾記憶與自然的喟嘆、洞徹人性及真理的光輝，洋溢著動人的芬芳。她用深富哲思的文筆，樹立抒情美文的典範。

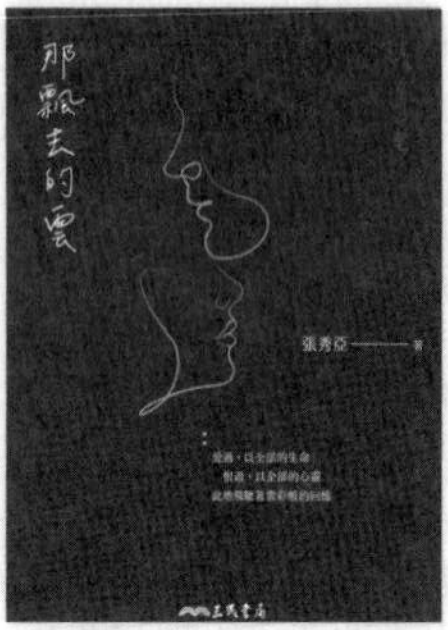

那飄去的雲

張秀亞／著

本書收錄十六則小說，捕捉縹緲的情愛絮語，或憂或喜，都在傾刻流洩的一念之間；描寫稚子翻騰真摯的小小願想，晶瑩動人。筆鋒融合東方抒情傳統與西方現代主義風格，對細節的捕捉、幽微氛圍的營造極其敏銳，從她的筆端真誠不矯的映射出「每個人心中被愛情五味酒浸透的歲月」是如何「掙扎著站了起來，跨出了夢境的門檻」……

我與文學

張秀亞／著

你是否終日為生活所需而忙碌？你有多久不曾留意身邊的人事物？「美文大師」張秀亞女士以美善的心靈、細膩的情思、優美的文字寫成這本《我與文學》。它將開啟你的心靈，讓你以新的眼光來看待身邊的一切，發現日常的美麗輪廓。

喜歡，是一粒種子

韓秀／著

全書以種籽生長歷程為發想，從首章開始，介紹台灣作家、作品，在這塊土地落地生根。第二章以文學側寫歷史，從中汲取經驗、吸收養分。第三章介紹海外優良讀物，如風般捎來遠方的故事。最後一章則為眾作家對文學之光的永恆追求，對閱讀、寫作、出版的熱愛。作者精挑細選、評介各地讀物，為讀者帶來對經典好書的珍愛與感悟，連結自身生命及故事，分享閱讀的喜悅和感動。

河宴

鍾怡雯／著

本書是鍾怡雯的第一本散文集，更是她自我成長經歷的「交待」與「總結」。全書依語言風格與題材分為四輯：輯一所錄的作品，以靈動自然的詩化語言和略帶小說架構的敘述手法，重構作者心中的人間。輯二和輯三記錄了作者在散文創作上的計畫性經營與探索歷程。輯四多屬詩意盎然的短篇創作。二十八篇散文多角度地展現了一個創作生命的茁壯，以及她內在的心靈世界。

用什麼眼看人生

王邦雄／著

王邦雄教授的文字飽含哲思理趣，並能跨越時空，進入現代生活，回應種種永恆生命課題。他試圖在傳統經典的現代詮釋中，書寫哲學所體現的內涵，給出消解生命苦難的哲理藥方——走出表態淺視，越過謀慮深察，而至人間真情真理的清澈觀照，方能在時代巨流中立足，看見人生的絕妙風景。

校園裡的椰子樹

鄭清文／著

鄭清文的作品，善於描繪一般民眾的日常生活，對人、對事都採取他一貫「簡單」描述卻「豐富」呈現的特殊風格。看似悲劇色彩濃厚的人物，在作者筆下，總能在沉重的身心煎熬之後，雲破天開，找回自己的尊嚴與定位。就如彭瑞金對他的評論：「不以花，不以果誘人，不存心引人注目，總挺立的大王椰子。」其人、其文皆足當此稱。

青春小說選

吳岱穎、凌性傑／編著

本篇收錄林育德、楊富閔、葛亮、張耀升、胡淑雯、賴香吟、郭強生、嚴歌苓、李昂、史鐵生、鄭清文、翁鬧十二位作家之代表作，每一篇小說背後，暗藏作者的心靈映象，也負載了時代的縮影。這十二篇作品涵蓋了性別議題、職涯探索、多元文化這些面向，亦可藉由小說文本展開討論，加深對自我的理解。

青春散文選

吳岱穎、凌性傑／編著

本書精選三十位當代名家及高中散文獎得主作品，希望學生透過大量閱讀不同類型的現代散文，重新取回深度閱讀文學作品的能力。每篇作品均有兩位作者的深入解析，或者針對文章作法，或者揭露創作意圖，或者提示文學觀念、觸發不同的思考。不同於課堂上制式的閱讀，而是試圖以更輕鬆多元的方式，帶領讀者找回對文學的喜愛。

國家圖書館出版品預行編目資料

寫作是藝術／張秀亞著.——三版一刷.——臺北市:
三民，2021
面；　公分.——（張秀亞作品）

ISBN 978-957-14-7189-1（平裝）

863.4　　110006583

張秀亞 作品

寫作是藝術

作　者　張秀亞
發行人　劉振強
出版者　三民書局股份有限公司
地　址　臺北市復興北路 386 號（復北門市）
臺北市重慶南路一段 61 號（重南門市）
電　話　(02)25006600
網　址　三民網路書店 https://www.sanmin.com.tw

出版日期　初版一刷 1978 年 8 月
二版一刷 1985 年 9 月
三版一刷 2021 年 6 月
書籍編號　S810450
ISBN　978-957-14-7189-1

三民書局